Tarjei Vesaas

LOS PÁJAROS

Tarjei Vesaas

LOS PÁJAROS

Traducción del noruego de
Juan Gutiérrez-Maupomé,
Bente Teigen Gundersen y Mónica Sainz

Nørdicalibros

Título original:
Fuglane

This translation has been published with the financial support of NORLA

C/ Doctor Blanco Soler, 26 · 28044 Madrid
Tlf: (+34) 91 705 50 57 · info@nordicalibros.com
Primera edición: mayo de 2025
ISBN: 979-13-87563-06-6
Depósito Legal: M-10525-2025
IBIC: FA
Thema: FBA

Impreso en España / *Printed in Spain*
Imprenta Kadmos
(Salamanca)

Diseño: Filo Estudio y Nacho Caballero
Maquetación: Diego Moreno
Corrección ortotipográfica: Victoria Parra y Ana Patrón

I

1

Mattis se asomó para ver si aquella tarde el cielo estaba limpio y despejado, y en efecto, lo estaba. Entonces le dijo a Hege, su hermana, para animarla:

—Eres como un rayo —le dijo.

Se estremeció ligeramente al llevarse la palabra a la boca, pero se sintió seguro, dado que el cielo estaba despejado.

—Con tus agujas de tejer, quiero decir —añadió.

Hege asintió indiferente y siguió trabajando en la gran chaqueta de punto. Las agujas centelleaban. Estaba tejiendo una enorme rosa de ocho pétalos, que pronto habría de asentarse entre los hombros de algún individuo.

—Sí, lo sé —dijo Hege simplemente.

—Pero también me refería a ti, Hege.

Tamborileaba lentamente con el dedo corazón sobre la rodilla, como hacía siempre cuando pensaba. Arriba y abajo, arriba y abajo. Hacía tiempo que Hege había dejado de pedirle que abandonase aquel hábito tan molesto.

Mattis continuó:

—Pero no solo eres un rayo con las rosas de ocho pétalos, lo eres con todo lo que te propones.

Ella lo ignoró:

—Claro, claro.

Mattis calló satisfecho.

El hecho de llevarse la palabra *rayo* a la boca era lo que le resultaba tan tentador. Le parecía que, cuando pronunciaba la palabra *rayo*, una especie de curiosos surcos se formaba dentro de su cráneo, y eso le atraía. Los rayos que desgarraban el cielo le causaban un miedo mortal, por lo que jamás usaba esa palabra cuando el clima de verano era bochornoso y nublado. Pero aquella tarde se sentía a salvo. Ya habían tenido dos tormentas en primavera, y bien atronadoras. Mattis, como de costumbre, se había refugiado en la letrina mientras pasaba lo peor, pues una vez alguien le había dicho que ese tipo de construcciones jamás habían sido alcanzadas por un rayo. Mattis no sabía si aquello era aplicable en todo el mundo, pero aquí, en esta zona, afortunadamente había resultado ser cierto hasta la fecha.

—Sí, el rayo —murmuró, aún girado hacia Hege, que estaba harta de los repentinos elogios de aquella tarde. Pero Mattis no había terminado—. Quiero decir: también cuando piensas.

Entonces ella alzó la vista con rapidez, como asustada; habían tocado un tema peligroso.

—Ya es suficiente, por ahora —apuntó en un tono severo.

—¿Qué sucede? —preguntó él.

—Nada. Simplemente, estate tranquilo.

Hege logró esconder de nuevo aquello que pugnaba por salir. El infortunio del debilucho de su hermano llevaba carcomiéndola *tanto* tiempo que cuando Mattis usaba la palabra *pensar*, ella daba un respingo y sentía una punzada.

Mattis había notado algo, pero lo había achacado al eterno remordimiento que sentía por no tener un trabajo como los demás, y recitó con rapidez la antigua muletilla de la casa:

—Mañana debes encontrar algo que pueda hacer. Esto no puede seguir así.

—Sí —repuso ella distraída.

—No puedo soportarlo más. Llevo sin traer dinero a casa desde…

—Es cierto, ha pasado mucho tiempo desde la última vez que viniste con algo —soltó ella algo descuidada, con cierto filo en la voz. Se arrepintió de inmediato, pero ya era demasiado tarde; Mattis no toleraba comentarios sobre este tema, a menos que fuese él mismo quien se pronunciase.

—No debes decirme esas cosas —le comentó con mala cara.

Ella se sonrojó y agachó la cabeza. Mattis, por su parte, continuó:

—Debes hablarme como a una persona normal.

—Sí, eso haré.

Hege permaneció sentada con la cabeza gacha. ¿Qué podía una hacer con esta imposibilidad? A veces no lograba contenerse, y entonces sus palabras resultaban hirientes.

2

Los dos hermanos estaban sentados en los escalones de aquella precaria cabaña donde vivían solos. Era una agradable y cálida noche de junio y la vieja madera desprendía indolente su olor tras el día soleado.

Llevaban mucho tiempo sentados sin decir ni una palabra; hasta que surgió el tema de los rayos y de traer dinero a casa. Sentados uno al lado del otro, sin más. Mattis contemplaba las copas de los árboles con gesto tenso. Esa manera de comportarse le resultaba familiar a su hermana. Ella sabía que no lo podía evitar, de lo contrario le habría pedido que dejara de hacerlo.

Vivían casi completamente aislados en aquel lugar —no había más casas alrededor—, pero había una carretera y una aldea de buen tamaño justo después del bosquecillo de abetos. Al otro extremo resplandecía un ancho lago, con sus orillas distantes al otro lado. El lago se extendía hasta una pendiente que había más abajo de la cabaña, donde Mattis y Hege tenían un punto de amarre y un bote. El pequeño claro alrededor de la cabaña estaba cercado y les pertenecía, pero sobre lo que había al otro lado de la cerca los hermanos no tenían decir alguno.

Mattis pensó:

Ella no sabe qué es lo que estoy mirando. Se sintió tentado a contárselo.

Porque de Mattis y Hege, ¡hay dos de cada uno! Pero eso Hege no lo sabe.

Él no se lo ha contado.

Más allá de la cerca se erguían dos álamos marchitos, cuyas copas lucían blancas y desnudas entre los verdes abetos. Se erguían el uno junto al otro, y la gente del pueblo los llamaba *Mattis-y-Hege*, aunque de puertas adentro. Mattis se había enterado por casualidad. Habían juntado las palabras para formar una única: *Mattis-y-Hege*. Debían de haber estado usándola desde mucho antes de que Mattis la oyese.

Las copas resecas de dos álamos pegadas, entre los verdes brotes que crecían en los abetos.

Mattis sentía un amago de rebeldía contra eso, mas no era capaz de dejar de clavar la mirada en ellos. Pero Hege no debe ser advertida al respecto jamás, dictaminaba cada vez que permanecían sentados como ahora. Echaría chispas de lo furiosa que se pondría. Y, en cualquier caso, a los árboles ya los llamaban así.

Al mismo tiempo, Mattis encontraba una especie de consuelo silencioso en el hecho de que los árboles permaneciesen allí. Seguramente solo eran una molestia y un incordio allí donde se alzaban, pero al propietario no se le iba a ocurrir talarlos justo delante de sus ojos, para luego echarlos a la estufa. Habría sido demasiado cruel hacer algo así delante de las personas que sufrían por compartir sus nombres, prácticamente un asesinato. Por ese motivo no lo hace.

A ese hombre me gustaría conocerlo algún día, pensó Mattis. Pero jamás viene por aquí.

Y continuó pensando:

¿Qué le pasaba por la cabeza a alguien que se divertía inventando esa clase de nombres para los árboles? Imposible saberlo. Uno no podía evitar pasar las noches de verano en los escalones cavilando sobre eso. Pero era un hombre el que se lo había inventado. Mattis no quería ni imaginarse que hubiese sido una mujer; a él le caían bien las mujeres. También le indignaba el que comparasen a Hege con la copa de un árbol marchito como ese, ¡para nada era una comparación justa! Cualquiera podía verlo. A Hege, con lo avispada y sabia que era…

¿Qué es lo que escuece tanto?

Lo que ya sabes, obtuvo por respuesta en su fuero interno, de manera un tanto absurda pero también certera.

Debería girarme, darles la espalda; sin embargo, no puedo apartar la vista, mirarlos es lo primero que hago por las mañanas y lo último que hago antes de acostarme. Más enrevesado no puede ser.

—¿Mattis?

Fue arrancado de sus pensamientos.

—¿Qué es lo que estás mirando?

Conocía muy bien estas preguntas suyas. No debía permanecer sentado como lo hacía ahora, no debería hacer esto ni lo otro, debía comportarse como una persona normal y no como el Simplón, como le llamaban, alguien que siempre ocasionaba una escena adonde fuera que iba y cuando intentaba participar en algún trabajo o algo.

Clavó inmediatamente los ojos en su hermana. Ojos extraños. Siempre desconcertados, esquivos, como los de los pájaros.

—No miro a nadie —respondió.

—De acuerdo.

—Qué rara eres —le dijo—. Si viese algo cada vez que miro a mi alrededor, ¿qué sería de este lugar? Estaría desbordado de cosas.

Hege se limitó a asentir. Al menos había logrado traerlo de vuelta de alguna manera y podía seguir con su tarea. Jamás se sentaba en los escalones sin hacer nada, como hacía Mattis; ella era rápida con las agujas, no le quedaba más remedio que serlo.

Mattis contemplaba su labor con veneración, esto era lo que les daba de comer en casa, así eran las cosas. Él no ganaba nada. Nadie lo quería. Lo llamaban el Simplón, y se reían burlonamente cuando su nombre salía a colación en relación con el trabajo. *Esas* eran dos cosas que no casaban. En la aldea, que bullía de quehaceres, corrían numerosas historias sobre lo que ocurría cuando Mattis quería trabajar; siempre eran disparates.

«Tú mi pico contra piedra», pensó de repente mientras permanecía sentado, y se estremeció.

¿Qué ha sido eso?

Pero ya había desaparecido.

La imagen y aquellas palabras lo atravesaron súbitamente. Pero desaparecieron con la misma rapidez; en su lugar, se irguió una pared frente a su rostro.

Echó un vistazo fugaz a su hermana. No se había percatado de nada. Permanecía ahí sentada, menuda y garbosa, aunque ya no fuese una muchacha, pues tenía cuarenta años.

¿Qué pasaría si le dijera ese tipo de cosas a ella? «Pico contra...», no lo entendería.

Hege permanecía sentada a su lado, y él observaba su cabello lacio y castaño. Descubrió de repente que alguna que otra cana asomaba entre el tono castaño. Unos largos hilos plateados.

¿Acaso me he levantado hoy con ojos de halcón?, pensó alegre, sorprendido; jamás me he percatado de esto antes. Exclamó sin más:

—¡Anda, Hege!

Ella alzó la mirada rápidamente, aliviada por su tono de voz. Lista para participar:

—¿Qué pasa ahora?

—¡Te están saliendo canas!

Ella agachó la cabeza.

—Ah, ¿sí?

—Tienes muchas canas —dijo él—. No las había visto hasta hoy. ¿Lo sabías?

Ella no contestó.

—Es muy pronto, vaya —prosiguió—. Apenas tienes cuarenta años. Y con tantas canas.

En ese mismo instante sintió que alguien le miraba desde alguna parte. No era Hege. Desde alguna parte. Una mirada incisiva. Quizá su hermana lo estuviese mirando, después de todo. Se asustó y se dio cuenta de que había actuado mal, pero todavía no lo entendía, solo había sido observador.

—Hege.

Ella por fin alzó la vista.

—¿Y ahora qué pasa?

No. Se le había ido, lo que quería decir. Tampoco hubo más miradas.

—No es nada —dijo—. Igual puedes seguir tejiendo.

Ella sonrió y dijo:

—Menos mal, Mattis.

—Sí, porque no pasa nada, ¿verdad? —preguntó precavido—. ¿Por lo que he dicho sobre tus canas?

Ella se limitó a sacudir el cabello, a modo de protesta medio burlona.

—Uy, no, qué va. Eso ya lo sabía.

El movimiento de sus agujas relucientes no se había detenido en ningún momento. A Mattis le parecía que se movían solas el día entero.

—Eres realmente avispada —dijo él para enmendar lo que no debía haber dicho.

Así pudo emplear una de esas palabras luminosas y tentadoras que le surgían. Más allá, a lo lejos, había más de esas palabras afiladas. Palabras que no eran para él, pero que usaba furtivamente, y que tenían un sabor agradable y le producían un cosquilleo en el cráneo. Todas un tanto peligrosas.

—¿Lo has oído, Hege?

Ella suspiró.

—Sí.

Ni una palabra más. Bueno, bueno, así era ella. ¿Quizá la elogiase demasiado?

—Pero esas canas te han salido demasiado pronto —murmuró sin que ella lo oyese—. ¿Y cómo estaré yo? Tengo que comprobarlo antes de que se me olvide.

—¿Vas a acostarte, Mattis?

—No, solo voy a… —Iba a decir «mirarme al espejo», pero se contuvo. Entró.

3

Cuando Mattis entró en la cabaña se percató de lo hermosa que era aquella tarde. El gran lago en calma absoluta. Al otro lado, al oeste, las colinas estaban cubiertas de neblina; tal y como solían estarlo. Olía a principios de verano. En la carretera principal, que el abetal no dejaba vislumbrar desde el patio, zumbaban los automóviles, como por pura diversión. El cielo estaba despejado, aquella noche no habría tormenta.

Atravesar el rayo, pensó y se estremeció.

Atravesar a través, pensó.

Quién pudiera conseguir *eso*.

Permaneció inmóvil junto a su camastro, cavilando.

Desde que Mattis era pequeño, había dormido en el camastro de la sala; así que podía decir que lo conocía. Había concluido que seguiría haciéndolo el resto de su vida. El camastro mostraba las mellas de la época en la que, siendo Mattis un muchachito, le habían regalado un cuchillo. Sobre la madera sin pintar también se apreciaban tenues y gruesos trazos a lápiz, de cuando le dieron un lápiz. Estos trazos y extrañas figuras se situaban en la parte inferior de la cabecera, y los contemplaba cada noche, antes de dormir; le gustaban porque nunca cambiaban. Eran lo que debían ser. Lo hacían sentirse seguro.

Hege ocupaba la pequeña alcoba del fondo. Mattis se deshizo de estos pensamientos y entró, pues era ahí donde colgaba el espejo de la casa.

Entró en el cuarto de su hermana. Olía a limpio. Apenas había nada, salvo el espejo que necesitaba ahora mismo.

—Hum —exclamó sin más cuando se vio en el espejo.

Hacía realmente mucho tiempo que no se miraba en el espejo de esa forma. De vez en cuando entraba en la habitación en busca del espejo cuando tenía que afeitarse. Pero entonces solo se concentraba en el afeitado, y aun así, no lograba rasurarse correctamente.

En este momento, era como si realmente estuviese mirando a Mattis.

Oh, no, surgió una voz en su interior. Un breve grito ahogado que realmente no podía explicar.

—No hay mucho que mirar —farfulló.

»No es que haya mucho pellejo —añadió.

»Mucha carne tampoco hay.

»Mal afeitado —dijo.

Sonaba desalentador.

—Pero por lo menos hay algo —repuso de inmediato, y siguió examinándose. El espejo no era muy bueno, pues distorsionaba la imagen; pero tanto Hege como él se habían acostumbrado a eso a lo largo de los años.

Mattis no se quedó quieto mucho rato antes de distraerse, dado que se encontraba en aquel pequeño y fragante aposento femenino.

Estoy mirándome al espejo como si fuese una chica, pensó, sintiéndose a gusto. En este espejo gastado más de una muchacha se habrá visto reflejada antes de vestirse.

Evocó muchas imágenes hermosas y seductoras al respecto.

Déjame pensar en *ellas*.

Pero se detuvo de nuevo.

No, no debo pensar en muchachas entre semana. No está permitido. Nadie lo hace.

Sin embargo, vaciló:

Bueno, yo lo hago, de vez en cuando, confesó.

Pero nadie lo sabe.

Contempló su propio rostro. Se cruzó con su mirada, que se llenó de obstinación en el mismo instante. Mientras no se lo diga a nadie, puedo hacerlo.

Supongo que nací así y ya está.

Volvió a encontrarse con su mirada; ahora se ensanchaba, volviéndose abierta y expectante.

¿Qué es esto?

No, no, surgió una voz asombrada en su interior, sin ton ni son. A veces era necesario hablar así, casi sin motivo alguno, incluso con mucho menos motivo del que tenía en ese momento.

—Pero aquí no hay *nada* como para quedarse mirando embobado —dijo en voz alta.

Se deshizo de todo aquello que no pertenecía al momento, pero que se había apoderado de él.

El rostro frente a él lucía absorto y demacrado. Pálido. Pero un par de ojos lo atraían hacia sí y no lo querían soltar.

Tenía ganas de decirle al que tenía enfrente:

¡Pero de dónde cuernos sales!

¿Por qué has venido?

No obtendría respuesta alguna.

Pero se mostraba en aquellos ojos; ojos que no eran suyos, sino que venían de lejos y habían visto a través de la noche y el día. Se aproximó. Se iluminó. Y en ese mismo momento, desapareció de nuevo y todo se volvió oscuro.

Escueto, pensó:

Mattis, simplón.

El Simplón.

Ahora sí que se habrían reído, si me hubiesen visto aquí mirándome al espejo.

Finalmente recordó por qué se encontraba allí, en la habitación de Hege. Iba a comprobar si tenía canas.

Por delante no tenía ninguna. Agachó la cabeza y entornó los ojos bajo el flequillo que le caía sobre la frente en busca de canas. Ni una. Después rebuscó tanto como pudo detrás de cada oreja.

Ni una sola cana por ninguna parte. Tan solo tres años menor que Hege, y ella tenía cuarenta.

Pues no, aquí hay un hombre con pelo para rato, pensó.

Aunque en tres años habré alcanzado a Hege.

Ni una cana. Se lo tengo que contar a Hege, para impresionarla, pensó, olvidando que a ella no le había gustado en absoluto ese tema de conversación.

Salió a grandes zancadas. Hege seguramente seguiría sentada en los escalones, trabajando en su chaqueta de punto.

Allí seguía, en efecto. La chaqueta de punto parecía irse haciendo sola bajo sus manos veloces. Las manos se deslizaban como en una danza silenciosa, mientras la chaqueta de punto se iba haciendo sin ayuda.

—¿Y bien? —dijo ella, viendo que salía a toda prisa.

Mattis señaló su flequillo:

—Ni una cana, Hege. He entrado a mirarme al espejo.

Hege no quería volver a hablar de ese tema.

—Vale —dijo ella, cortándolo.

—¿Acaso no es algo bueno? —preguntó él.

Ella respondió tranquila:

—Claro que sí.

—Sí, porque mira cómo estás tú, llena de canas —dijo él—, supongo que te gustaría...

Ella exclamó:

—¡Uf!

Él se detuvo al instante. Algo se apoderó de Hege y la hizo frenar en seco.

—¿Ocurre algo? —preguntó, asustado.

Ella se levantó por fin.

—Oye, Mattis.

Él la miró ansioso.

—Vamos, dilo, venga.

—No me parece nada divertido lo que estás haciendo esta tarde, y no paras.

—Pero ¿es que acaso nosotros nos *divertimos*? —contestó él. Un comentario bastante sorprendente viniendo de ella, pensó.

Hege lo miró impotente. Como con un sobresalto abrupto. Tenía que hacer algo de inmediato, pues Mattis estaba a las puertas de algo cuyo desenlace ella no podría controlar.

—¡Nos divertimos mucho más de lo que tú crees! —le dijo, incrustando la respuesta como un clavo—. Simplemente no piensas en ello. ¡Nos divertimos todos los santos días!

Él reculó, pero preguntó:

—¿Cuándo?

—¿Cuándo? —preguntó ella, severa.

Hege volvió a la carga. Había que detener esto.

—Usa el cerebro, Mattis —dijo, sin tener en cuenta su usual tono punzante. Se alzaba desafiante sobre él, aunque ella era la más menuda de los dos.

Mattis respondió:

—Me estoy matando a pensar.

—¡Pues, entonces, recordarás bastantes momentos de diversión!

Él permaneció pensando, sin responder.

Hege insistió. Debía dejar tan claro ese hecho que no cupiese ninguna duda.

—¡Nos divertimos *más* que otros!

—¿De verdad? —comenzó a farfullar sin fuerza, apenas audiblemente.

—¡Sí! —dijo ella—. Y no debes olvidarlo nunca.

Ya no había más que decir. Mattis se enderezó un poco, pero no se atrevió a contradecirla. Hege era lista y también sabía muy bien lo que era la diversión. Mejor no desmentirla y hacer el ridículo. Ella lo miraba furiosa.

—Esto yo no lo sabía —dijo él sin más.

Entonces cayó en la cuenta de algo, y dijo contento:

—Qué bien que lo hayas dicho.

—¿Cómo?

—Ya que yo no lo sabía.

Estaba contento, soltó una carcajada.

—Pero ¿te vas ya de todas formas? —preguntó él.

Hege asintió un tanto agobiada en vez de contestar, y entró.

4

Esa misma noche, Hege se acostó antes de lo habitual. Por lo menos, se fue a su cuarto más temprano. Mattis había querido preguntarle por qué, pero antes de que tuviese ocasión de hacerlo, ella lo había detenido impaciente:

—Sí, sí, espera a mañana, Mattis, querido mío. Ya es suficiente por hoy.

Mientras la escuchaba, se le fueron quitando las ganas de seguir haciendo preguntas. Estaba disgustado, debía dejarla ir. Se preguntó si había hecho algo malo. Podría tener que ver con lo del pelo. ¿Tan horrible era que ella tuviese canas y él no? No era culpa suya.

Pero era Hege la que traía el pan a casa; lo tenía bien controlado. Y, sobre todo, era avispada, eso era lo que más respeto le inspiraba.

Hege lo dejó sin decir nada más. Él se quedó cavilando sobre las cosas.

Mañana me pasaré por las granjas a ver si alguien tiene trabajo para mí, pensó, y comenzó a enfadarse.

Porque *ese* es el problema con Hege. Ella me mantiene todo el año.

—Lleva cuarenta años haciéndolo —dijo, para no quitarle importancia al asunto.

Me mantiene, me mantiene.

Las palabras tenían un sabor amargo, como masticar corteza de álamo.

Y tenía que masticarlas, año tras año. Cuando se encontraba solo, como en ese momento, debía llevárselas a la boca y saborearlas sin piedad. Las palabras más amargas de todas las que conocía.

Mañana iré a trabajar.

A menos que surja algún inconveniente, añadió por si acaso.

Como una nebulosa de recuerdos surgieron los numerosos días en los que había tratado de llevar a cabo algún trabajo para alguien. En una granja o en los campos de cultivo, en los bosques. Siempre ocurría algo que lo estropeaba todo, impidiéndole completar la jornada. Y luego no volvían a llamarlo de ese lugar. Los avispados, los que tenían propiedades y trabajo que ofrecer, pasaban junto a él sin mirarlo, como si fuese transparente.

Entonces no le quedaba más remedio que regresar a casa con Hege, con las manos vacías. Estaba tan acostumbrada a ello que no lo criticaba lo más mínimo. Pero lo tenía que llevar a cuestas. A saber qué *pensaba* realmente al respecto.

Hacer de tripas corazón. Ir directamente a las granjas y pedir trabajo.

En algún momento tendrá que resolverse, dijo sintiendo una rabia repentina. *Necesito* encontrar trabajo, Hege ya tiene canas.

Entonces cayó en la cuenta:

Soy yo el que le ha provocado las canas a Hege.

Poco a poco se percató de la verdad. Sintió una profunda vergüenza por su comportamiento.

5

Se estaba haciendo tarde. Más tarde de lo que Mattis acostumbraba a estar despierto. Sin embargo, no estaba con ánimo de acostarse, por lo que se fue a deambular afuera. Cuando algo le *carcomía* a uno, era aún peor quedarse en la cama, dando vueltas.

Quizá Hege tampoco pueda dormir. Se ha retirado pronto para no tener que verme.

—Y saber *eso* no es nada divertido —dijo en voz alta, tan alto que quizá se le pudiese haber escuchado a través de la pared de la habitación de ella.

Estaba exhausto.

Se sobresaltó con un pensamiento repentino:

¡No me abandones!, surgió dentro de él, vuelto hacia Hege en su alcoba.

Sea lo que sea lo que ocurra contigo o conmigo, no debes abandonarme.

De ninguna manera era un pensamiento nuevo, simplemente le parecía nuevo cada vez que surgía, e igual de doloroso. Cada vez tenía que descartarlo como algo absurdo. Hege ni siquiera había insinuado jamás que fuese a abandonarlo. ¿Por qué se atormentaba con eso?

Aquella imagen no desistía. Veía a Hege marcharse, alejándose más y más. Todo lo que poseía lo llevaba en un fardo bajo el brazo.

—¿Te vas?

—Sí, Mattis.

—Esto será muy duro, Hege.

—Sí, Mattis.

Y entonces se marchaba.

Ya no lo escuchaba, se iba haciendo cada vez más pequeña, y al final solo era un punto negro; y ahí se quedaba. Era imposible que desapareciera del todo en este triste juego.

Justo entonces fue cuando tuvo lugar el gran acontecimiento:

Mientras Mattis cavilaba y se imaginaba a Hege marchándose, estaba sentado en su lugar de siempre en los escalones de la cabaña, mirando hacia las colinas que se alzaban al oeste del lago. El agua lucía negra, y las colinas se perfilaban profundas y oscuras. Un bello crepúsculo veraniego, tanto en el cielo como en la tierra. Mattis no era en absoluto ciego ante estas cosas.

La cabaña se encontraba en un vallecito pantanoso en la colina junto al lago. Entre el pinar se alzaban también abedules y álamos. Un arroyuelo descendía a través de la hondonada. Algunas veces Mattis pensaba que este lugar era más hermoso que cualquier otro lugar que él hubiese visto; de los pocos que había recorrido.

Quizá le embargase esa sensación también en ese momento; en cualquier caso, permaneció ensimismado, dejando que oscureciera más, si es que se le podía llamar oscurecer, y no solo una penumbra sin nombre.

En ese instante ocurrió lo inesperado.

A este lado el viento está en calma, acababa justo de pensar, mientras contemplaba las copas de los dos álamos y el cielo nocturno. Entonces algo se deslizó entre las copas, se imaginó que podía verlo, tan nítido era. No era el viento, simplemente algo que se había colado; y a este lado había tanta calma que no temblaba ni una sola hoja de los frondosos álamos.

¡Pero entonces surgió un breve sonido! Un sonido extraño y repentino. Y al mismo tiempo atisbó un escueto aleteo en el aire, por encima de él. Y luego, otra vez, varios reclamos débiles, en un desvalido lenguaje de pájaros.

Provenía justo de encima de la casa.

Pero también cruzó a través de Mattis. Le produjo una repentina agitación interna, dejándole alerta y confundido:

¿Se trataba de algo sobrenatural?

No, era otra cosa totalmente distinta.

Era una becada la que había batido las alas ahí arriba. Y eso la becada no lo hacía al azar, a esas horas del día; ¡estaba haciendo el vuelo de cortejo, sobre su casa!

¿Cuándo había comenzado aquello?

Porque jamás había ocurrido antes en primavera. No desde que él tenía memoria. Se había quedado afuera hasta muy tarde tan a menudo que tendría que haber visto u oído esos movimientos.

Esa tarde había ocurrido justo encima de ellos, encima de Hege y de él. Y seguramente seguiría ocurriendo de aquí en adelante, cada mañana y cada tarde.

Mattis contempló su casa; era como si ahora fuese otra casa, uno debía verla con otros ojos. El paso de la becada había dibujado finas líneas a través de los valles, lejos de todo lo que era suyo, por así decirlo. Eso era lo que siempre había creído. Y ahora esta tarde pasaba por aquí, simplemente se había desplazado hasta aquí.

En caso de que no fuese fruto de su imaginación; bien sabía que se imaginaba cosas con frecuencia. ¿Acaso alguien había escuchado alguna vez que la becada alterase su trayecto? No lo sabía. Pero ¿por qué había venido aquí?

Mattis permaneció a la espera, casi sin aliento. Porque si se trataba de un vuelo de cortejo, entonces el pájaro volvería a aparecer en un rato, siguiendo la misma trayectoria, una y otra vez, durante el breve periodo de sus vuelos vespertinos. Esto lo sabía de antiguos avistamientos en otras partes, de los que tenía conocimiento. A primera hora de la mañana, el pájaro seguía también el mismo trayecto; eso le había contado un cazador. En ocasiones había visto las marcas de los picos de becadas, junto a las huellas de sus delicadas patas, en zanjas resecas. Aguardó con el alma en vilo, la espera cada vez más larga mientras sus dudas se incrementaban.

Pero, shhh, ahí estaba. El batir de alas, el propio pájaro difuso y apresurado alzándose al vuelo justo sobre la casa, en dirección opuesta. Invisible de nuevo, escondido en el suave crepúsculo y las adormecidas copas del bosque.

Entonces Mattis dijo en voz alta:

—Por fin ha llegado la becada.

No supo por qué o cómo había dicho esto. Menos no podía decir o hacer; y nadie le escuchó cuando lo dijo.

Sentía como si algo hubiese concluido, tras un tiempo arduo y largo.

Su primer pensamiento fue decírselo a Hege, deseaba entrar corriendo y decírselo de inmediato. Dormida o despierta, debía iniciarla inmediatamente en esto; pero se detuvo a media carrera. Si *era* cierto, pronto el pájaro aparecería por tercera vez, y Mattis dudaba tanto de sí mismo que decidió esperar a que ocurriera una tercera vez. Permanecer esperando lleno de dicha.

Cuando lo haya visto tres veces, Hege tendrá que creerlo. Todos tendrán que creerlo.

¡Shhh! Ahí estaba de nuevo.

Justo como antes, el aleteo, la sombra como una saeta atravesando la oscuridad; y también su delicado reclamo, hubiese quien lo escuchase o no. Justo sobre el tejado, y luego alejándose a lo infinito. Después, solo quedó la noche cerrada.

Pero había llegado. Ahora sé algo, constató, sin mayores explicaciones. Sin duda, ahora era diferente por dentro.

Y Hege durmiendo.

Ahora Hege también habría de ser diferente.

6

Hege dormida..., la que era como un rayo con las rosas de ocho pétalos y las chaquetas de punto, y que podía resolverlo todo; Mattis ya no estaba seguro de cuál de los dos era más importante. En ese momento casi osaría ponerse a sí mismo a la cabeza.

Entró de forma algo escandalosa en la alcoba.

Fue un error. Hege se había acostado hacía un buen rato, quizá ya dormía; así que la despertó a destiempo. Su tono resultó ser bastante incisivo.

—¿Y ahora qué pasa? —restalló antes de que su corazón rebosante pudiese soltar palabra alguna. Conocía bien ese tono. Seguro que acababa de dormirse, y justo entraba él armando una escandalera. Pero también sabía lo que vendría a continuación: ella carraspeó de inmediato, como disculpándose, para suavizar el latigazo de su primera exclamación hiriente.

—¿Qué ocurre, Mattis? —dijo entonces, en voz baja y cansada, llena de arrepentimiento.

Lo que Mattis venía a decir era muy grande. No sabía muy bien cómo expresarlo. No le quedaba otra que decirlo directamente.

—¡Esta noche ha venido la becada! —le contó, anunciándolo con rigidez.

Se sintió muy extraño ahí parado, frente a la cama.

Hege también escuchó su tono de voz. La lengua entorpecida por el asombro y la reverencia. Pero tenía mucha experiencia con las cosas extrañas con las que le venía Mattis. Cosas que, en su mayoría, tenían una explicación sencilla y dejaban de ser extrañas.

Respondió con calma:

—¿La becada? Ah, sí. Ahora vete a dormir, Mattis.

Mattis no comprendía nada.

—Vete a la cama, Mattis —dijo cautelosa, pues podía vislumbrar su rostro desconcertado.

Mattis gimió con decepción.

—¿No has oído lo que te he dicho? *La becada* ha cambiado su ruta, ¡pasa justo por aquí, sobre el tejado de casa! Está pasando ahora. Ahora, mientras tú estás sentada en la cama.

Hege siguió sentada de la misma forma, con la misma expresión.

—Claro que lo he oído. ¿Y qué? ¿Acaso la becada no puede pasar por donde quiera?

No lograba entenderla. Era como si hablase en una lengua desconocida para él.

—¡¿No crees que esto es importante?! ¿Has escuchado alguna vez que su vuelo cambie para pasar justo sobre la cabeza de uno?

Ella se encogió de hombros ligeramente.

—Yo qué voy a saber sobre eso.

—No, seguro que eso nunca lo has escuchado. Y ahora debes vestirte y venir afuera.

—¿Afuera? ¿Ahora, de noche?

—¡Por supuesto! Tú también tienes que verlo.

—Ah, no —dijo ella.

—¡Tienes que verlo! Está pasando ahora, ahí afuera. Si esto tampoco es nada, entonces…

Hege volvió a recostarse, ya no había más que hacer. Bostezó muerta de cansancio.

—Seguro que verlo ha sido un gusto para ti —dijo ella—, pero yo puedo verlo en otra ocasión. Si pasa por aquí, pues pasa por aquí, ¿no?

Mattis la contemplaba boquiabierto.

—«Si pasa por aquí, pues pasa por aquí» —repitió, sobrecogido—. ¿Y se supone que tú eres la avispada? —exclamó, perplejo.

—¿Qué quieres decir? —preguntó ella.

La mirada horrorizada de Mattis seguía clavada en su hermana.

—Pues que no entiendes nada.

Continuó inmóvil frente a ella, sintiéndose decepcionado y perplejo.

Ella lo tomó suavemente del brazo. Se dio cuenta de que era un signo amistoso de su parte. Mattis no se percató de lo cansada y miserable que Hege se sentía en ese momento. Estaba ahí recostada, con su desgastado camisón, sin mirarlo, con la cabeza vuelta hacia la pared.

—Podemos hablar de esto mañana, Mattis. Ahora vete a la cama, ¿me oyes?

A Mattis le parecía una locura desperdiciar una ocasión como esta.

—Te estoy diciendo que está ocurriendo *ahora*. ¿Y tú no quieres ser parte de ello? No entiendo de qué estás hecha, ¡nada te parece suficiente!

Al cabo de un rato resultó demasiado para Hege, ya no pudo contenerse. Golpeó con el puño en el borde de la cama y gritó:

—¡De eso tú no sabes nada! Y justo lo dices *tú*, tú, que eres...

Se detuvo abruptamente.

Él preguntó asustado:

—¿Qué soy yo?

Ella gritó dándole la espalda:

—¡Déjame en paz! No lo soporto más, si tú no..., ¡¿por qué no te vas y ya está?! ¡Ya es muy tarde, y tenemos que descansar, Mattis!

Entonces se giró sobre sí misma, acercándose aún más a la pared. Mattis vio cómo los hombros de su hermana empezaban a sacudirse. Ver eso le hizo temblar profundamente, le hizo sentirse culpable, lo fuese o no.

Estaba aturdido. ¿Se había portado mal con ella? Solo había querido alegrarla con el vuelo nupcial de la becada. No podía contemplar que esto no fuese un gran acontecimiento para Hege, tanto como lo era para él mismo. Estaba ocurriendo ahí afuera, en este mismo momento... y a Hege le resultaba indiferente, prácticamente le había reñido, y ahora estaba llorando con un desamparo incomprensible.

—Pero, Hege..., no quería hacerte nada, solo quería que tú...

Ella estaba furiosa:

—¿No has oído lo que te he dicho? —gritó, y Mattis retrocedió con rapidez los pocos pasos necesarios para salir del cuarto. Cerró la puerta con cuidado, como si Hege estuviese dormida y no quisiese despertarla.

Cada persona es diferente, pensó ya fuera, perplejo. En cualquier caso, Hege y yo lo somos.

Seguramente ni siquiera me cree.

Pero yo lo he visto y escuchado. Pondría la mano en el fuego por lo que he visto. El paso de la becada simplemente ha concluido por esta noche.

Y entonces cantamos una canción, dijo una voz dentro de él. No es que comenzase a cantar. Simplemente le pareció muy adecuado después de esto: ha concluido por esta noche. He estado en muchas reuniones, así que sé bien cómo van estas cosas.

Concluido por esta noche. Pues ahora el pájaro ha encontrado a su enamorada.

Al alzar la mirada constató que había líneas luminosas por donde había pasado la becada. Justo sobre su casa.

Tampoco estaba completamente seguro, a decir verdad; pero sin duda algo había sucedido allí arriba, pues no era igual que antes. Y mañana sucedería de nuevo, igual de maravilloso que esta noche. Entonces Hege tendrá que verlo, aunque tenga que amarrarla ahí afuera.

«A partir de ahora será diferente», pensó antes de dormirse en su camastro, acurrucado como un niño.

¿Conmigo?

Aquel pensamiento le ardía por dentro.

7

Mattis se fue a dormir pensando en la becada e, independientemente de quién fuese el responsable de ello, el resultado fue un sueño maravilloso.

Una advertencia al principio, antes de que viese nada:

—Llegamos, llegamos —decía la voz—, estás ahí, ¿verdad?

—Por supuesto —podría haber contestado.

—Ha pasado mucho tiempo, Mattis —decía la voz con gentileza—, pero ahora ya ha terminado.

Y, por supuesto, llegó. Una franja de luz más resplandeciente, encima de la casa, debajo de la casa y a los costados de la casa, y un sonido apenas perceptible; como deben serlo ese tipo de sonidos. La casa quedó renovada de pronto, de un extremo al otro.

—Pero la casa no es lo más importante —dijo él.

No, y tampoco lo era esto otro, sino él mismo. Los haces de luz lo habían atravesado, y lo habían cambiado por completo. Cuando flexionó el brazo derecho para examinar su nuevo bíceps, este se hinchó de tal modo que la camisa se desgarró por completo a lo largo de la manga. Observó el terso y bien formado músculo y rio.

—Eso está mejor —dijo.

»Con esto sí que puedo apretar —reparó, y miró perspicaz a su alrededor.

»¿Dónde estáis? —gritó.

Se rieron, ocultas entre la arboleda.

—Estamos donde solemos estar, vaya.

Su casa era realmente nueva, se acercó para verse reflejado en las ventanas. Nunca antes había visto un muchacho tan varonil como el que se reflejaba en los vidrios oscuros. Podía verse desde todos los ángulos, y en todos se veía igual de bien.

Gritó orgulloso:

—¿Veis algo?

—Sí, por supuesto —contestaron desde la arboleda—, no vemos otra cosa.

—Esperad un poco —dijo. Pero un coro de voces se alzó en respuesta.

—¿Esperar ahora?

—¿Qué vas a hacer, Mattis?

—¡Prepárate, Mattis!

—Sí, por supuesto —dijo él, contestándoles con sus propias palabras.

Sacudió la cabeza, que al instante se le llenó de las palabras más adecuadas para usar con las muchachas…, y con otros también, de hecho. No tan solo de atisbos impotentes, como ocurría antes. Ahora reía y jugaba con su nueva lengua, probando una y otra de las audaces palabras.

—¡Ey, las de la arboleda! —dijo—, ¿estáis listas?

—Sí, estamos listas —dijeron—, ¿quién quieres que vaya?

—¿Quieres venir tú? A ti me refiero —dijo; y dejó que la camisa se tensase alrededor del músculo.

Se comenzaba a notar la agitación. Pero la respuesta llegó de inmediato:

—Es eso lo que quiero.

Parecía como si la tierra se hubiese tragado las demás voces.

Ella apareció delante de su arboleda, ya sin esconderse. Se la había imaginado miles de veces, y aun así era diferente. Pero la reconoció de todos modos, y no sintió ni el más mínimo miedo. Ella se acercó a él, fragante.

Aún no debía tocarla.

—Haz algo —dijo él.

Ella lo entendió de inmediato.

—Sí —contestó—, mira esto.

Movió levemente el brazo, y el mundo quedó inundado con el canto de los pájaros.

—Sí, la llegada de la becada ha traído tu nacimiento —empezó Mattis—, y llevo mucho tiempo pensando en ti. Si hay algo que quieras decir, debes hacerlo ahora.

—¿Decir? —preguntó ella.

—Sí.

—No, ya no quiero decir nada —contestó.

Él la miró a los ojos con delicadeza. Al mismo tiempo, flexionó discretamente el brazo izquierdo y dejó que la manga de la camisa se rasgara con un pequeño sonido. El suave y redondeado músculo de su brazo brilló bajo el sol, justo frente a su rostro.

—No hay nada de que preocuparse —dijo con calma—, tengo bastantes camisas.

—¿Y con la izquierda, también? —preguntó ella con asombro.

—¡Ah, sí! —repuso él, quitándole importancia; la manga derecha llevaba desgarrada un buen tiempo.

Ella no dijo nada más, estaba tan cautivada por lo que veía que se había quedado sin palabras. Justo lo que él había deseado. Mattis tenía todo cuanto había deseado, y encima ahora podría decir las cosas de la manera adecuada.

—Ahora debes hacer exactamente lo que tú quieras —le dijo—. Eres un tesoro.

Ella enseguida se acercó más.

—Ahora entiendo mejor por qué he esperado tanto tiempo —añadió él.

Ella callaba en todo momento, pues guardaba un secreto que quería revelar. Simplemente se acercó aún más. Había movido levemente el brazo y el canto de los pájaros resonaba; ahora todo su cuerpo se movía, como por arte de magia.

Todo su cuerpo se movía, y él no entendía qué sucedía. Sin nombre. Ella tan solo se acercó más. Estaba muy cerca de él, nacida del vuelo de la becada, era suya.

8

Como de costumbre, Hege fue la primera en levantarse. Mattis estaba bien despierto, pero yacía reviviendo el sueño que había tenido. Escuchó a Hege trajinando en su habitación y salir a continuación. Mattis se giró rápidamente hacia la pared y fingió seguir dormido. Era lo más seguro, considerando la manera en que se habían separado la noche anterior.

Hege se detuvo un momento mientras pasaba junto a él de camino a la cocina. Inquietante. Pero el instante pasó, y siguió caminando. Pronto comenzaría el familiar sonido matutino de las tazas y los cuchillos.

Todo será diferente, pensó Mattis, absorto. Buscó su ropa y se vistió. Se sentía totalmente distinto, de alguna manera sostenido por dos poderosos brazos: el vuelo de la becada y el sueño lo sostenían entre los dos. Aguzó el oído para ver si hoy también se presentaba alguna otra cosa fuera de lo común. Quizá le aguardaba alguna palabra impensada o alguna alegría más…, ahora que todo había cambiado.

Todavía no. Pero ese día no podía ser como cualquier otro de aquellos días incontables, de eso se debía asegurar uno.

—Al que madruga… —le dijo a Hege, parado en la puerta de la cocina. No se le ocurrió más que usar un viejo refrán para saludar a su entrada.

Se sentía inseguro. La última imagen que tenía de Hege había sido demasiado triste. No podía interpretarlo de otra manera, ella yacía de cara a la pared, llorando por su culpa.

¡Y poco después él había tenido el sueño!

En cualquier caso, Hege ya había dormido y se había repuesto. Menuda y veloz, se encontraba rebanando pan. Parecía esforzarse mucho por estar animada y bien, dispuesta a dejar atrás la noche anterior. Contestó al saludo de «Al que madruga…»:

—Estás de buen humor, ¿eh?

Él se rio para sí mismo, y contestó:

—¿Por qué lo dices?

—¿Acaso no lo estás?

—Pero tú no sabes por qué —dijo él.

Ni una palabra sobre el día anterior por parte de ella. Y se arriesgó a ir aún más lejos:

—Creo que sí lo sé; es porque hoy vas a salir a lograr algo grande, tal y como acordamos. Así que estoy segura de que, como has madrugado, Dios te ayudará.

¡Uf! Se le había olvidado, había prometido que iría a buscar trabajo. Pero a Hege no se le había olvidado, por lo visto. Inevitablemente, su alegría se vio algo ensombrecida.

—Eso ha sido un malentendido —dijo él.

—¿Pero es que no vas a…?

—Ahora hay una becada pasando por aquí arriba —la interrumpió. Lo dijo a modo de explicación, como disculpándose por la nueva situación. No era necesario emprender la irritante marcha hacia el pueblo para pedir trabajo, ahora que habían ocurrido tantas cosas agradables.

Pero Hege no se dejaba convencer.

—Bueno, ¿y entonces? —dijo ella—. ¿Qué importancia tiene que la becada pase por aquí?

—Pues eso no lo sé. ¿Estás segura de que tú tampoco lo sabes?

Se sentía más valiente ahora, sin que le sirviese de nada.

—Anda, come —dijo Hege.

Eso hizo. Aún estaba reviviendo su sueño. Después tendría que abrirle los ojos a Hege, sobre la importancia de lo que había ocurrido, y que ella no quería aceptar.

De repente rompió el silencio:

—Hum —dijo, y golpeó el suelo tres veces con la punta del zapato.

—¿Y ahora qué?

—No, no tiene que ver *contigo*.

—Pues no lo parece —dijo Hege—. Pareces estar a punto de reventar por algo que quieres contarme.

Mattis tomó varios bocados más en silencio, pero le era difícil contenerse.

—Es raro lo que uno puede soñar, con tan solo quererlo —dijo.

Hege no le siguió el juego.

—Así que has tenido un sueño —dijo ella, como si fuese cualquier cosa o nada en absoluto.

—Hum —repitió Mattis.

—Mejor cuéntamelo, o vas a estallar.

Al ponerse ella así, el sueño se hizo aún más significativo y real. Casi se volvió cierto.

—¿Que te cuente lo que soñé?

Ella asintió.

—Eso no puedo hacerlo —dijo con seriedad, mirándola fijamente.

—Bueno, entonces tampoco habrá sido gran cosa, me imagino —dijo Hege algo escueta, y le sirvió el insípido café que acostumbraban a tomar en casa. Después se dispuso a seguir con sus cosas.

Mattis dijo:

—La gente de bien no habla del tipo de cosas con las que soñé, para que lo sepas.

—Ah, ¿no?

—No es necesario que sigas preguntando, Hege. Y eso lo sabes muy bien.

No había logrado despertar su curiosidad en lo más mínimo, y su respuesta fue un jarro de agua fría:

—Si te sirve de consuelo, los sueños suelen ser lo contrario. Sueñas justamente lo opuesto a lo que se hace realidad.

—¡¿Cómo?! —interrumpió él. Se estremeció ante sus palabras. Le pareció que trataba de herirle con ellas. Sin embargo, ella no sabía de lo que estaba hablando, eso era todo—. Estás siendo más cruel de lo que quisieras —dijo alterado, y no quiso seguir comiendo. Se puso en pie tan bruscamente que levantó una parte de la mesa; tan estrecho era el espacio donde estaba sentado. El café se derramó y una taza acabó hecha añicos.

—Mira que manchas todo, Mattis.

—Sí, ¿y de quién es la culpa, eh?

Ella debía darse cuenta de que con su insistencia lo arruinaba todo para él.

—¡Pero esto no me lo vas a arruinar! —dijo él.

—Tranquilo, Mattis.

Él también recobró la compostura:

—No; no importa, porque ahora todo va a ser diferente aquí. Empezó anoche.

Hege recordó lo arisca que había estado la noche anterior y se sintió arrepentida.

—*Voy* a salir contigo a ver la becada una tarde. Pero no me des la tabarra.

—Nunca será como la primera vez.

Hege lo dejó estar, recogió la mesa y tomó su chaqueta de punto a medio tejer. Mientras tanto mantuvo un ojo atento sobre Mattis, para ver qué hacía. Él se percató de que ella lo estaba observando y preguntó incisivo:

—Y ahora, ¿qué pasa?

—Sí, estoy viendo si vas a ir a las granjas, como dijiste que harías.

Era implacable.

—Sí, pero el vuelo nupcial de la becada...

Hege se puso dura.

—Aquí no ayudan ningún pájaro ni ningún vuelo nupcial. Si has dicho que lo ibas a hacer, entonces debes hacerlo.

Mattis se asustó. Algo especial le estaría pasando a Hege esta vez, pues estaba siendo muy obstinada. ¿Acaso no sabía lo molesto que resultaba? Se levantó del lugar seguro que le confería su silla junto a la mesa y preguntó inquieto:

—¿Es así como han cambiado las cosas en casa tras la becada?

—Nunca hemos de darnos por vencidos —dijo Hege—, tal como te he dicho miles de veces.

—Para ti es fácil decirlo.

Caviló durante un momento.

—¿Por qué no tengo músculos como para reventar la camisa? —dijo en voz alta, estridente.

Hege no contestó.

—¡Tú nunca me preguntas! —continuó, alterado.

—¿Sobre qué?

—Sobre las cosas por las que uno no *debe* preguntar.

Hege contestó cortante:

—Ya, cálmate.

Estaban tocando temas que resultaban difíciles para ambos.

—¿Puedo dejarlo para mañana? —le rogó él, refiriéndose al humillante desfile de granja en granja en busca de trabajo. A menudo, ella había resultado ser una buena hermana…, pero últimamente se enfadaba con mucha más facilidad que antes.

—Porque hoy es *hoy*, ¿sabes?

—Sí, bueno, lo haremos así —dijo Hege.

9

Hoy era hoy.

Mattis deambulaba.

Había tres cosas en el sueño, pensó.

Yo era distinto de tres maneras diferentes.

Continuó paseando en aquella agradable mañana estival. Hege debía de estar sentada dentro, refunfuñando porque él no quería ir a buscar trabajo; así tendría que ser. Lo nuevo era inmediato e importante. Brisas frescas y sutiles fragancias a su alrededor.

Tres grandes cambios. Habían desaparecido de nuevo a primera hora de la mañana, no le cabía duda; solo guardaba un recuerdo de aquello que ahora resonaba bajo sus pies al caminar. Inesperadamente pisó una especie de acorde musical en el suelo, y una melodía restalló mágicamente, real y verdadera.

Distinto de tres maneras diferentes; pero hoy era hoy. Es extraño que Hege no pueda entenderlo, pensó, descendiendo hacia el lago.

Allí se detuvo y comenzó a lanzar piedras al agua, como un crío. El lago estaba en calma, ponerse a pescar habría sido inútil, por lo que Mattis podía olvidarse de sacar su miserable bote.

Esas tres cosas. Estaban en algún lugar a su alrededor, anoche él había sido eso mismo. Todo aquello que deseaba que fuese distinto en él había sido tal y como lo deseaba.

Permaneció tirando pedruscos del tamaño de un puño al agua, con ojos sombríos y distraído.

—¡Mattis! ¡A comer! —gritó Hege desde la casa. Un buen grito de ama de casa.

Las tres cosas se estremecieron.

No fue necesario que ella gritase: «¡Ven de inmediato!». Mattis era muy rápido cuando le avisaba para comer; se apresuró a subir la cuesta y sentarse a la mesa.

—Tendrás qué comer mientras haya algo que llevar a la mesa —dijo Hege, y empujó la comida hacia él. Mattis sabía bien que su tono guardaba relación con su negativa a ir en busca de trabajo. Por eso le hablaba así.

—Si ahora uno fuese distinto de tres maneras diferentes... —dijo mientras comía.

—¿De qué tres cosas hablas?

—Tienen que ver con eso que no te puedo contar. Y con las chicas y...

—Bueno, ahora come.

—Tú nunca eres distinta a como eres —dijo furioso—. No puedes entender esto.

—Ah, bueno —dijo Hege—. ¿Has pensado en lo de darte una vuelta mañana?

Mira que es testaruda y extraña, pensó. Pero también es verdad que por eso hay comida.

—Cuando lo he dicho, es porque lo voy a hacer —contestó él, y se estremeció tan solo de pensar en plantarse, impotente, delante de los impetuosos y hábiles trabajadores.

Hege estaba trabajando en la chaqueta de punto. Mattis le dijo, prácticamente rogando:

—¿Saldrás a ver el pájaro cuando venga esta tarde? Esta mañana dijiste que querías hacerlo alguna vez.

—Esta tarde no, se hará muy tarde.

—Pero dijiste…

—Preferiría más bien dormir —dijo Hege con firmeza.

Mattis respondió con aspereza:

—¡¿Y si nunca vuelves a despertarte?! Entonces, te arrepentirías mucho.

Ella perdió los nervios. Sus palabras tuvieron un efecto que él no comprendía.

—¡Mattis! —interpuso ella—, ¡cállate!

Él huyó. Hege dijo algo a sus espaldas, pero él se escabulló por la puerta, asustado.

Por la tarde se sentó en los escalones con el corazón y los dedos inquietos. Hege había decidido arriesgarse y se había ido a dormir a pesar de todo.

Había llegado el momento, el del pájaro.

Allí estaba su canto, sus alas batiendo, de alguna manera desamparadas, aleteando veloces.

Las alas del pájaro se alzaron ahí arriba, en el tibio aire nocturno, pero también rozaron las profundidades del corazón de Mattis. Un roce suave y oscuro de algo incomprensible que colmó a Mattis. La becada y yo, vaya, pensó vagamente.

Con alegría, prometió: Mañana iré a buscar trabajo, tal y como quiere Hege, siempre y cuando no haya tormenta. Los rayos son rayos, y entonces no iría; y eso ella lo sabe.

Esperó a que la becada pasase dos veces más, y después se fue a la cama en la tibia penumbra que la noche de verano le confería a la sala. Pero si esperaba que *el sueño* volviese a aparecer, se llevó una decepción. Ni un atisbo de una arboleda llena de muchachas.

10

Las copas de los álamos Mattis-y-Hege se alzaban espigadas bajo el sol matutino y el cielo azul profundo. Mattis pasó junto a ellas al encaminarse hacia la carretera. Caminaba con los labios apretados: ¿por qué ha venido la becada, si todo va a seguir como antes? ¿No debería uno quedarse simplemente esperando, para ver si algo sucede? No, dijo Hege.

Mattis ya no se sentía tan dispuesto como la noche anterior, tras haber recibido el saludo del pájaro.

Si Hege hubiese sido diferente a como era, nunca lo habría mandado a dar esta inútil vuelta, habría entendido que no tenía por qué hacerlo. Pero Hege nunca cambiaría. Tampoco es que necesitase hacerlo, vaya. De alguna forma.

Siguió avanzando con pasos pesados.

Tan pronto como emergió del bosquecillo, toda la aldea se desplegó frente a él. Prácticamente cada una de las granjas representaba el recuerdo de alguna fallida jornada de trabajo.

En la carretera ya había mucho ajetreo. Los automóviles empujaban a la gente hacia las cunetas, como siempre. El arcén se había tornado grisáceo a causa del polvo levantado.

De vez en cuando Mattis recorría este camino también cuando no iba a trabajar. En ocasiones Hege lo enviaba al tendero con algunas monedas para comprar comida, o para entregar una chaqueta de punto ya terminada. Era siempre una audacia que podía salir bien o terminar en vergüenza y un dolor punzante.

En ese momento, la gente acudía a las granjas para trabajar. Mattis los veía a su alrededor. Las labores de principios de verano. Eliminar malas hierbas de los campos de cultivo, sobre todo. La gente se mostraba fuerte y diestra, yendo al trabajo con la misma naturalidad con la que respiraba y vivía. Algunos llevaban una pipa matutina humeando entre los dientes, otros usaban la boca para silbar un poco, otros solo movían los brazos.

¿Debía acercarse a preguntar a la gente de inmediato? ¿Entrar en la primera granja que viera? Uy, no. Solo les haría sentirse incómodos porque tendrían que inventarse alguna excusa para explicar por qué justo hoy no era buen momento. Dejó atrás una granja tras otra. Se imaginó que la gente respiraba aliviada cuando pasaba de largo, cuando ya le veían de espaldas.

¡Pero seguro que *vosotros* no habéis tenido un sueño como el mío!, pensó. Esa idea lo reconfortaba.

Tenía muchos recuerdos que le causaban vergüenza, aunque eran muy diferentes entre sí. En ocasiones anteriores, había intentado trabajar con algunos de los muchachos con los que se cruzaba ahora, y esos recuerdos le hacían fijar la vista en la carretera. Los demás también se apresuraban a pasar de largo, como si tuviesen un fracaso en común que ocultar.

Hoy, con toda seguridad, habrá otro más. Hege lo sabe bien, y yo también lo sé.

Me gustaría darme la vuelta, pensó, no quiero subir a esas granjas en las que todos ya me conocen.

Sin embargo, algo extraño:

Tan pronto lo hubo pensado, hizo justo lo contrario. Abandonó la carretera principal y se acercó a una de las granjas. ¿Qué le estaba sucediendo? Un recuerdo destelló en su mente. Justo de esa granja podía recordar un pequeño acontecimiento que no había terminado en vergüenza.

Tal vez encontrase algo allí que le levantase la moral hoy también.

Mattis se topó con el granjero justo frente a la esquina de la casa. El hombre estaba ahí parado, junto a un muchacho y una muchacha, cada uno con una azadilla ligera entre las manos, preparados para acudir al campo de nabos. Mattis no los vio antes de acercarse del todo, cuando de repente su cara apareció justo frente a ellos como de la nada.

—Buenos días, ¿tiene faena para mí? —preguntó precipitadamente, y escrutó al hombre con ojos asustados. Aquí era cosa de no pensárselo dos veces. Se giró ante los dos jóvenes, para darles la espalda.

El hombre contestó con la misma presteza, tampoco se detuvo a pensarlo.

—Pues sí, si sabes escardar nabos.

Mattis se quedó boquiabierto un instante, y después sonrió ampliamente.

—Pues sabía —dijo—. Dado que ahora las cosas no son como antes, es así como deben ser.

—¿Qué quieres decir?

—Ah, solo es que hay algo… —dijo Mattis—. Algo es muy diferente para mí hoy. Pero es algo de lo que usted no entiende.

La muchacha y el muchacho se habían acercado y colocado frente a Mattis. Comenzaron a intercambiarse miradas, de una manera que Mattis conocía bien, y que no presagiaba nada bueno.

—Tiene que ver con el vuelo de cortejo de la becada —se apresuró a añadir Mattis, algo nervioso.

—¿El vuelo de cortejo de la becada?

—Sí, ¿no sabe lo que es? —preguntó Mattis animado.

Ahora el granjero se habría percatado de qué clase de hombre tenía enfrente, pero ya era tarde, no querría incumplir su palabra.

—De las becadas he oído hablar —dijo—. Pero querías trabajar en el campo de nabos, ¿no? Entonces tenemos que buscarte una azadilla a ti también..., así podemos ver quién escarda con más rapidez.

El hombre pensó que debía decir esto último, le habría resultado imposible no soltarlo.

Mattis era sensible, y se percató de inmediato.

—Sí, quizá también podamos echar una carrera —dijo, soltando una breve risita. Una risita que, en realidad, sonó casi como una carcajada.

El hombre se quedó un tanto pasmado, pero se recompuso y rio con él.

—Sí, a ver quién llega primero a los nabos, a eso te refieres, ¿no?

Se reían los dos, turnándose para ver quién era el más machote.

—¿Pero quizá quieras un bocado antes de comenzar? —preguntó el hombre, poniendo fin a la diversión.

Mattis negó con la cabeza.

—Tenemos comida en casa.

Sintió que era agradable poder decir eso.

Después era cosa de ponerse a trabajar. Mattis recibió una azadilla y acompañó a los demás al campo de nabos.

A Mattis le pareció que la parcela era terriblemente extensa; uno no podía vislumbrar el final, se extendía sobre una colina y desaparecía al otro lado.

Mattis se giró hacia el granjero y dijo con tono de animadversión:

—¿Y qué vas a hacer con tanto nabo?

Se quedó ahí plantado, desganado y perdido.

—¿Ya estamos con esas? ¿Incluso antes de haber comenzado? —dijo el granjero. Lo hizo sin pretensión, pero para Mattis el Simplón eso era hablar claro, y agachó la cabeza.

—¿Puedo ponerme con estos de aquí? —preguntó rápidamente para esquivar el tema. Se refería a los surcos de nabos justo a sus pies.

El hombre asintió.

—Supongo que has hecho este tipo de trabajo antes, Mattis. Así que ¿sabes cuánto espacio debe haber entre las plantas que conservamos?

El hombre se sintió en la obligación de decir esto, pues escardar era un trabajo importante que podía determinar la cosecha del año y, con ello, el beneficio.

—¿Cómo podría haber llegado hasta casi los cuarenta años si no lo supiese? —dijo Mattis—. Solo me faltan tres —añadió. Aquí valía ponerse firme. Se sintió bastante orgulloso de su respuesta.

—Eso es cierto —contestó el hombre—, pero lo que te he preguntado es cuánta distancia debe haber entre las plantas, según lo que te han enseñado. ¿Quizá me lo quieras mostrar?

Mattis mostró la distancia con los dedos. Totalmente al azar.

—No —dijo el hombre—, entonces has aprendido de alguien que no sabía mucho. *Así* tiene que ser.

Mattis agachó la cabeza de nuevo.

Los jóvenes intercambiaban miradas. Se habían colocado de modo que pudieran trabajar el uno junto al otro. A Mattis le correspondían dos surcos de nabos entre la muchacha y el granjero. Y eso le gustó mucho.

—¡Hala! —dijo el muchacho en voz alta—. ¡A por ello! A ver quién llega primero al otro lado del campo.

Miró de reojo a la muchacha y rio. Se ríen con gusto entre ellos, y se miran a los ojos estos dos. A Mattis le surgió una leve sospecha en cuanto lo percibió.

Pero, ¡hala!, ahora solo era cosa de ponerse en marcha. Mattis intentó imitar a los otros; ser tan rápido como ellos en sus movimientos. Las malas hierbas se apostaban en el entresurco de los nabos y entre las plantas, y en todas partes. Ahora debían arrancarse y ofrendarse al sol ardiente. Además, las plantas de los nabos estaban demasiado pegadas, así que había que arrancar una buena parte de ellas. Mattis debía lograr hacer todo esto con rapidez y seguridad, con la azadilla; y cuando esto resultaba difícil, con las manos.

Estaba nervioso. Simplemente no era capaz.

Pronto empezaría lo de siempre, con sus pensamientos enredándose mientras trabajaba, atravesándose e impidiéndole desempeñar su labor.

Apenas le dio tiempo a pensarlo antes de que sucediera: los tallos empezaron a liársele en los dedos, contra su voluntad, reduciendo la velocidad.

Alguien carraspeó a su izquierda. Era el granjero, inclinado sobre sus propios nabos, que recogía y atendía de forma adecuada.

Mattis se puso en guardia de inmediato. Aunque eso no tuviese por qué significar nada. A veces, la gente carraspea sin más.

Sin embargo, Mattis se iba poniendo cada vez más nervioso, introduciendo torpemente los dedos entre las plantas y arrancando las que no eran. No lograba blandir bien la azadilla, era demasiado rígida.

—A esta azadilla no estoy acostumbrado —le dijo al hombre—, el mango es demasiado largo.

—Bueno, déjala a un lado —dijo el hombre—. Igual es mejor que uses las manos. Incluso se recogen mejor usando los dedos.

—Qué bien que me lo hayas dicho —dijo Mattis cordialmente. Sintió un pequeño respaldo amistoso en las palabras del hombre, un apoyo muy necesario ante los dos jóvenes.

Logró seguirles el ritmo a los jóvenes durante los primeros metros. Ahora tenía los diez dedos para arrancar las malas hierbas. La muchacha y el muchacho mantenían una extraordinaria velocidad constante. Incluso se divertían, a pesar de lo tedioso de la labor. Mattis se había dado cuenta desde hacía rato de que estaban enamorados. Era una pena pero también gracioso de ver, emocionante. Mattis pensó que nunca antes había estado tan cerca de una pareja de enamorados.

La muchacha miraba a Mattis con ojos alegres. No debía temerla a *ella*, tenía la mirada embriagada, tan encariñada como estaba con el muchacho a su lado. Reía de todo lo que él decía. Finalmente se volvió también hacia Mattis, que esperaba con ansiedad. Era indescriptible lo bien que le hacía sentir por dentro. Semejante rostro femenino, redondeado y sonriente, vuelto hacia él con alegría.

—Qué bien que te hayas unido, así somos más en este horrible campo —dijo. Pareció que lo decía de buena fe. Mattis estaba dispuesto a creer lo que decía. A creer en sí mismo. Se envalentonó y quiso agradecer y agradar a esta muchacha con un comentario que tenía preparado:

—¿Alguna vez has escuchado hablar del vuelo nupcial de la becada? —le preguntó. Estaban tan cerca el uno del otro, cada uno en su propio surco, que pudo decirlo en voz baja y de forma confidencial.

Ella contestó deprisa y sin pensarlo:

—Claro que sí. ¿Por qué?

—Por nada.

Más que nada, Mattis estaba pensando en esto: Estoy hablando con una muchacha. Y quizá esto sea solo el principio.

—Pero seguro que tú nunca has tenido una becada sobrevolando tu casa, ¿no? —continuó él, con un insólito trasfondo de seguridad.

La muchacha negó con la cabeza. Al mismo tiempo siguió desyerbando, arrancando el grueso y sano bledo y lanzándolo lejos a marchitarse bajo el sol abrasador. Mattis trabajaba según sus habilidades, junto a ella, en su propio surco. Y mientras tanto conversaban.

—¡Ah, no!, imagino que *tú* tampoco tienes una becada volando justo encima de tu casa, ¿verdad? —dijo ella sin mala intención.

—Quién sabe —dijo Mattis.

Por dentro bullía.

—Sí, claro —dijo la chica distraída, concentrada en la actividad y en el muchacho a su otro costado.

Con esto se zanjó el tema. A Mattis le parecía que lo había contado de un modo muy conveniente. Le gustaba esta muchacha; pero tenía a su novio a su lado, así que no debía hablar mucho más con ella.

Había reglas muy estrictas al respecto. Solo quería poder hablar un poquito más con ella, y luego la dejaría en paz.

—Yo… —empezó, pero se detuvo. Ahora el muchacho se había acercado, pellizcando la pierna desnuda de la muchacha. De inmediato fue como si Mattis desapareciese. Era como si nunca hubiese habido nada a este lado de ella.

En fin, había ido de un modo diferente que en el sueño, constató. Pero quizá sea mejor que esto no vaya a más, hay reglas muy estrictas al respecto.

Lo peor era que, con todos estos pensamientos, había perdido mucho tiempo; ahora los enamorados habían comenzado a adelantarle en sus surcos. Pronto le sacaban ya un buen trecho, de modo que los veía de espaldas. Mattis se sobresaltó y se volvió hacia el propio granjero. Entonces se sobresaltó una vez más: el hombre estaba trabajando en *tres* surcos. Al principio tenía dos, como los demás.

—¿Cómo es que escardas en tres surcos? —preguntó Mattis sin más.

—Ah —dijo el hombre, y vaciló—, es mejor ir al mismo ritmo… o al menos llevar *algún* ritmo —dijo arrancando bledos y cardos a toda prisa.

Mattis no le dio más vueltas, pero se acercó más al hombre y le dijo medio susurrando:

—Creo que esos dos están enamorados. Eso parece, al menos.

El hombre asintió.

—¿Quizá ya lo sabías de antes?

—Sí —dijo el hombre—. Por eso eché mano de ellos —contó, hablando también medio en susurros y guiñándole un ojo a Mattis—. Es preferible tener a gente así para escardar nabos, ¿sabes? No notan lo aburrida y pesada que resulta la faena. Pero con tipos como nosotros dos es distinto, ¿sabes?

Este era un hombre sabio. A Mattis casi le intimidaba estar cerca de él; aun cuando quedaba claro que el hombre había sido amable con él y tenía una actitud bien dispuesta hacia él todo el tiempo. Tampoco es que estuviese asustado, podía hablar con el hombre sin problema, y entendía muy bien que esto podía ser una labor pesada y aburrida.

—Uy, sí, *nosotros* sí que nos damos cuenta de cómo es realmente esto de escardar nabos —dijo.

—Todavía no —contestó el hombre, decidido—. No estamos cansados cuando apenas acabamos de comenzar, ¿verdad?

Entonces Mattis tuvo que agachar la cabeza de nuevo.

—No, eso es cierto —dijo.

A pesar de que el hombre se ocupaba de tres surcos, avanzaba rápidamente. Entonces volvió otra vez a dos, como era habitual. Con ello no tardó nada en adelantarse de veras.

Mattis alzó la voz, impotente:

—¿Te estás alejando de mí?

—Debo hacerlo —dijo el hombre—. Tienes que seguirme tan rápido como puedas, ¿de acuerdo?

—Sí, pero ya ves el esfuerzo que estoy haciendo.

—¡Hum! —dijo el hombre entre los bledos.

Entonces Mattis se quedó solo. Hum, fue lo último que dijo el hombre. ¿Cómo debía interpretarlo? Mattis se puso nervioso de nuevo, el habitual desconcierto entre pensamiento y trabajo regresó con más fuerza. Sus surcos pendían como una cola que se hacía cada vez más larga. Cola-arrastrada, como se suele decir.

Yo no soy ningún cola-arrastrada, se dijo a sí mismo, no puedo ir más deprisa.

Pero ahora la cola pendía ahí, causando vergüenza, siendo uno tan susceptible a estas cosas como lo era Mattis. Sus surcos lucían un verde resplandeciente y rebosaban de malas hierbas; y a ambos lados había terrosos surcos más limpios, con una hilera pareja de nabos en la parte superior.

Si tan solo se pudiera detener a los escardadores de alguna manera, para que no se alejasen tan deprisa... Todo estaba saliendo mal. El granjero iba como una centella, había alcanzado a la pareja de enamorados, y pronto los tres sobrepasarían la pequeña cuesta y desaparecerían en la ladera opuesta.

Y así fue.

Mattis se quedó parado, como si estuviera solo en el sembrado. Estaba solo y sudado. El sol había cobrado fuerza y la camisa se le pegaba desagradablemente a la espalda empapada.

¡Cuántos nabos!, pensó desanimado. ¿Para qué sirve tanto nabo? ¡Como si no existiese otra cosa aparte de nabos!

Hacía rato que Mattis había dejado de ir medio encorvado; ahora estaba de rodillas y se desplazaba a gatas. Sus dedos no hacían lo que se les pedía que hiciesen, erraban a causa de sus pensamientos, y a veces se detenían por completo.

Todo esto lo conocía muy bien de antes, estaba muy acostumbrado a ello. Seguía como podía, pero los pensamientos fluían sin control alguno. Tras un momento, se percató de que estaba arrancando los nabos, en vez de los bledos. Dio entonces un respingo y se levantó, estremecido.

Estoy a punto de...

No, no.

El hombre y los enamorados aparecieron de nuevo, regresando del otro lado, cada uno con sus dos nuevos surcos. En cuanto aparecieron, la muchacha alzó un poco la cabeza y saludó brevemente a Mattis, en su desaliento. Apenas un pequeño gesto con la mano, mientras seguía arrancando las malas hierbas. Pero a él demasiadas cosas le pasaron por dentro.

Eso no lo habrá hecho por nada, se prometió a sí mismo, en esto debo ser parte. Cuando se cruzaran el uno con el otro en un rato, él tendría la oportunidad de decírselo, ignorando por completo la presencia de su novio.

Durante un instante sus manos parecieron responder mejor. Avanzaba a gatas, entresacando. Arrancando las plantas que debía. Ahora que iban a encontrarse de nuevo, parecía como si Mattis se desplazase a un ritmo aceptable; la distancia entre ellos pronto fue acortándose. Pero Mattis ya no quitaba malas hierbas, sino que tenía la mirada prendida en la pareja de enamorados.

Parecían ser novios de verdad.

No era de extrañar que el hombre estuviera satisfecho con ellos, les echara rápidas ojeadas y les sonriera. No debía de estar pensando únicamente en el trabajo; esos dos hacían el campo de cultivo placentero para todos. Reían y charlaban, y al mismo tiempo ponían orden raudos y diligentes. A veces tenían ocasión de acercarse aún más el uno al otro, y Mattis analizaba minuciosamente los detalles de lo que hacían, y que podría ser bueno saber.

Entonces así eran los novios de verdad. El afortunado granjero los acompañaba, desde sus propios surcos por escardar. Entre esta gente y Mattis había ahora una oscura franja ya limpia. Sus propios surcos se veían feos y abandonados frente a él.

Pero no había remedio: tenía que escuchar y ver a esos dos jóvenes en su máximo esplendor. Su alegría efervescente. Esos ojos extraños.

Ahora estaban junto a él. Risas desbordantes, atravesando el trajín.

Mattis se enderezó.

—Por muy enamorados que estéis, yo quisiera… —comenzó con una valentía desenfrenada, clavando su mirada en la radiante muchacha. Entonces se detuvo.

Los otros esperaron asombrados, tanto la muchacha como el joven. Tampoco es que mostrasen sonrisas burlonas; el propio Mattis lo impedía sin saberlo, con aquella adoración que lo envolvía, cubriendo su rostro y su tono de voz.

El hombre también se había detenido, quedándose totalmente inmóvil donde estaba.

Esperaron en vano. Al fin el hombre intervino diciendo a media voz:

—Suéltalo, Mattis.

La muchacha no dijo nada, tampoco el muchacho, aguardando expectantes.

Todos esperaban en vano. No iba a llegar a más, esto que Mattis había comenzado; pero fue como si hubiera logrado conectar con algo y ya no se debatiera solo. Habría querido decir mucho más, y de otro modo; había resultado como de costumbre, enredándose en cosas que no venían al caso.

—¡Sí, porque eso es lo que son! —dijo finalmente, retomándolo justo donde se había detenido.

—Sí —dijo la chica—, eso somos.

—Sí, uno debería habérselas arreglado así —brotó de él sin que se diese cuenta.

—Estas cosas bien pueden arreglarse —dijo la chica, asintiendo como si nada.

A ella podría contarle mi sueño de cabo a rabo, pensó.

—Sí, ya no habrá nada más sobre esto —murmuró apenado—, me refiero a lo que quería decir.

—Una pena —dijo la chica.

—¡Hala! —dijo el chico, recordándoles a los dos que él también estaba allí, y que estaban compitiendo por ver quién escardaba más.

A lo lejos rio el afortunado hombre que había conseguido trabajadores tan benditos como estos. Con Mattis el Simplón seguramente no contaba, nadie lo hacía.

—¡Ah, sí, sí! —dijo la chica en respuesta al hala—, te escucho claramente, créeme.

Hala, escuchó Mattis en su interior, vuelto hacia el muchacho que había recibido un pequeño halago.

Todos se pusieron en marcha de nuevo.

El sol abrasaba cada vez más. En las hendiduras entre los surcos se marchitaban, condenados, los blandos brotes arrancados. La tierra desprendía un olor cálido.

Mattis echó una mirada atrás, hacia el hombre: ¿se sentía él cansado y miserable ahora? No, claramente no, fuerte y avispado como era. Mattis estaba ya cansado y sediento, e incapaz de controlar sus dedos. La chica había logrado animarlo, pero aquello se disipaba al saberse uno hostigado por un trabajo que no dominaba. Y ahora los tres se alejaban de él a sus espaldas, dejando el lugar aislado y desolado. Con frecuencia debía detenerse, pues los pensamientos se le enredaban, de modo que arrancaba lo que habrían de ser nabos, dejando estar la mala hierba.

Se quedó aún más abandonado cuando por fin logró pasar la cuesta del terreno y descendió al otro lado. Era como si los demás hubieran desaparecido por completo.

Sus surcos lucían un verde exuberante, desafiantes. Excavaba y pensaba: He de ganarme el sustento. Después permaneció quieto durante un rato. Nadie podía verlo, y la confusión de sus pensamientos había acabado con todas las fuerzas de sus manos. También resultaba cómodo quedarse sentado, cuando se estaba cansado.

Un momento después, vio con un respingo cómo los tres aparecían de nuevo sobre el borde. ¿Ya habían llegado hasta ahí? Se puso en marcha con torpeza, matando muchas plantas buenas. En todo caso estaba bien que viniera gente a este desolado costado. La pareja de enamorados ya no cuchicheaba tanto como antes, pero bueno, aun así. Y el hombre aún no estaba cansado. Cuando se tiene un sembradío tan grande, uno no se cansa, sino que sigue avanzando. En ningún momento alzó la vista.

Se sobresaltaron ante algo que sonó muy extraño, era Mattis.

—¿Podéis parar un poco? —dijo en voz muy alta. Un grito que quebró el silencio.

El granjero se enderezó con rapidez y se limpió el sudor de la frente con una mano terrosa. Estaba sudado.

—¿Qué pasa, Mattis?

Mattis se encontraba mal. Pese a que aún no había dado una vuelta completa al campo, ya estaba cansado. Bajo la nariz se le había dibujado algo parecido a un suave bigote; era tierra húmeda lo que se adhería de aquella manera. Quizá los otros también lo tuviesen, pero no se les notaba. Mattis se acercó inseguro al hombre.

—¿No veis que me estoy quedando atrás?

El hombre contestó reacio:

—¿Y qué pasa?

—¿Lo sabías?

El hombre le restó importancia:

—Sí, claro.

—No me gusta un trabajo tan complicado —dijo Mattis en un tono serio.

—No, supongo que no —contestó el hombre, y se agachó entre las plantas.

Mattis estuvo a punto de preguntar: ¿Quieres que lo deje? Pero se contuvo. El hombre masculló. La pareja de enamorados aprovechó la pausa para pellizcarse un poco.

El hombre le preguntó directamente:

—¿Nos hacemos cargo de tus surcos?

Una nube gris se formó ante sus ojos. Algo conocido de su vida anterior, justo como era antes de que apareciese la becada.

—Todavía no —contestó él con frialdad.

—De acuerdo.

El hombre se agachó con su azadilla.

Mattis se encaminó a su sitio, pero al pasar miró a la chica, implorándole que hiciera algo para aliviarlo y reconfortarlo… Al fin y al cabo, era alegre y joven y tenía un novio.

Carraspeó levemente, señalando que necesitaría ayuda pronto.

Ella lo entendió de inmediato. Le sonrió, y fue como para recordarle que aquí estamos tú y yo, y nos hacemos saludos con la mano en el campo.

Más no se necesitaba. Lo escuchó con tanta claridad que lo repitió con sus propias palabras:

—Pues sí, aquí estamos tú y yo, en el campo —dijo, igual de amable y cordial, pero no tan en secreto como lo había hecho ella.

—Así es, aquí estamos —dijo la chica.

Realmente estaba ahí parada, mirándolo, como si se hubiese dejado llevar si él no fuese tan pusilánime.

—¡Hala! —dijo el muchacho, pellizcándola en la pierna (parecía que aquello era lo que más le divertía) y entonces ella volvió a ser la muchacha enamorada y absorta.

—Sí —dijo también el hombre.

El propietario de aquel gran terreno. Lo miraron un instante y entendieron qué quería decir: ¡Hala!

Los tres pasaron de nuevo junto a Mattis. Los miró alejarse y pensó que ellos tenían justo todo aquello con lo que él había soñado: esas tres cosas. Esta gente no estaba hecha de nada más que de esas tres cosas. Se volcaban completamente en ser esas tres cosas, sin darle importancia y, al parecer, incluso sin saberlo. ¿Cómo podían actuar como si nada, mientras escardaban un campo de nabos?

Él yacía sobre la tierra, desyerbando, sus pensamientos dando vueltas, desenfrenados. Ayuda, pensó.

Pero los pensamientos siguieron revoloteando como antes; si quería arrancar una mala hierba, arrancaba un nabo.

Vaya, parece que nadie *quiere* ayudarme, pensó, comenzando a enfurecerse.

Las plantas buenas también le sacaban de sus casillas, se erguían como hebras delgadas y patéticas una vez que él había arrancado todo lo que las sostenía. Mattis tenía ganas de insultarlas en su desesperación, y de llamarlas miserables nimiedades retorcidas por las que no merecía la pena estar ahí tumbado sufriendo. Sus pensamientos iban de un lado a otro. Solía suceder siempre que iba a trabajar; así que no había ningún cambio. En el fondo era *esto* lo que le estaba carcomiendo hoy: no había ningún cambio, solo lo de siempre.

Gracias a Dios, se oyó el grito de los que ya no eran visibles al otro lado del campo de cultivo:

—¡Mattis!

El que gritó fue el mismísimo granjero, ese hombre tan sabio. Aquellos dos con el cariño y la fuerza se mantuvieron callados, aunque seguramente se encontraban allí. Las tres cosas estaban ahí.

—¿Es hora de comer? —gritó Mattis por respuesta, rápido como un rayo.

—¡Sí, ven! —gritó el hombre invisible. Los agradables gritos resonaban de un lado a otro sobre la elevación del cultivo. Mattis ya estaba de camino.

Aún quedaba un tramo del primer par de surcos de Mattis. Pero, en todo caso, ya podía vislumbrar el final, así que podría haber sido peor, pensó, sintiéndose más animado ahora, puesto que se dirigía a una mesa bien provista.

Cuando se juntó con los otros para salir del campo de nabos, estos no dijeron ni una palabra sobre el pésimo trabajo que había desempeñado. Ni una palabra dijeron; pero Mattis estaba tan seguro de que no pensaban en otra cosa que primero se contuvo y luego soltó:

—¡Podéis decirme lo que estáis pensando! —les dijo, mientras se lavaban las manos enlodadas en el arroyo.

—¿Qué es lo que estamos pensando? —preguntó el muchacho. Era lo primero que le decía a Mattis.

—Eso lo sé muy bien —dijo Mattis, que ardía por dentro y no podía evitar atormentarse aún un poco más.

—Sí, bueno —dijo el hombre—, ahora vamos a casa a comer. Y a descansar un rato también…

Se enjuagaron las manos en un claro y pequeño arroyuelo que corría junto al sembrado. La muchacha se lavó las manos en la misma poza que Mattis. Bajo el agua, enturbiada por las manos terrosas, sus manos se rozaron al sumergirlas al mismo tiempo. Una corriente le sacudió el cuerpo. Entonces el agua volvió a quedar limpia y la poza quedó nítida de nuevo, con las manos recién lavadas dentro. Pero ahora no se atrevía a acercarse a ellas.

La chica lo miró, y a él no le dio tiempo a pensárselo. Siguió enjuagándose y dijo:

—Ha sido casi como tocar una cerca electrificada.

Más tarde pensó que eso estuvo bien dicho, pero ella simplemente se dio la vuelta. ¿No se reía? Su enamorado también se lavaba las manos junto a ella y, cuando hubo terminado, agarró a la muchacha de la cintura, como si fuera algo de lo más cotidiano… y así fue como se encaminaron hacia la granja y la comida. Quizá tampoco estuvieran cansados. Mattis pensó en cómo se le abultaba el brazo bajo la manga al muchacho; y lo colocaba por entero en torno a la cintura de la chica. Así eran las cosas cuando estaban bien.

—Buenos días, Mattis.

Era la mujer del granjero. Recibió a Mattis con amabilidad. Su comida estaba rica y Mattis comió copiosamente. De todos modos, algo me llevo, se dijo a sí mismo. Tras toda aquella comida abundante en carne, quedó sin energía y somnoliento, así que se recostó en el prado. Qué fue de los enamorados, ya no lo vio. Se quedó dormido.

11

Cuando Mattis se despertó, estaba cocido tras haber yacido durmiendo bajo el sol del mediodía. Lo primero que vio cuando se le despejó la mente fue a los tres escardadores de nabos en el sembrado. Estaban inclinados sobre los surcos, lejos, en aquella horrible parcela. Y llevaban mucho tiempo ahí, a juzgar por la faena que habían realizado.

Se habían marchado sin despertarlo. La vergüenza que sentía al respecto era bien merecida. Mientras lo digería, la mujer del granjero salió de la casa y se dirigió hacia él, diciendo sin más:

—Fui yo la que les dijo que no debían despertarte. Mi marido quiso hacerlo, pero yo pensé que podías seguir durmiendo, dado que dormías tan a gusto. Fue hace un par de horas.

Mattis parpadeó, sin saber qué decir. La mujer era afable. Ahora comprendía por qué se había alejado de la carretera principal para venir aquí por la mañana. Guardaba el recuerdo de este rostro de una ocasión anterior. Lo había visto antes.

—¿A lo mejor has dormido mal esta noche? —preguntó la esposa, ofreciéndole una excusa útil.

—¡Ah, sí! —dijo—, llevo dos noches sin dormir. Hemos tenido una becada sobrevolando la casa.

Lo dijo de un modo que a ella le hizo vacilar, pero solo por un momento, hasta que recordó a quién tenía delante. Mattis lo notó.

—Claro —respondió ella con calma—. Entonces viene bien recuperar algo de sueño. ¿Cómo es que apareció la becada, entonces? —preguntó ella paciente.

El rostro de Mattis se iluminó.

—Apareció sin más. Tarde, por la noche. También tuve un sueño muy extraño después.

—No me digas. Pero los sueños es mejor guardárselos para uno mismo, así que no vamos a entrar en ello —dijo la mujer, que tenía mucho que hacer.

Esta sí que era también una persona sabia, reconoció Mattis. Lanzó una mirada inquieta a los escardadores de nabos que andaban lejos, sudorosos. La mujer se dio cuenta.

—Dime qué prefieres —dijo ella—, ¿quieres ir con ellos al campo, o preferirías quedarte conmigo y tomar una taza de café?

—Creo que prefiero el café, es raro todo esto —dijo apresuradamente.

—Me parece una buena elección —dijo la mujer.

—Pero también es divertido ver a los enamorados —dijo Mattis, por no mentir.

—¡Ah, sí! Pero bueno, dejemos que los novios desyerben, y tú y yo nos tomamos un café.

—Bueno, si te parece bien —dijo.

Así deberían ser las esposas, pensó, siguiéndola a la cocina.

Bebieron un café que estaba muy bueno. La mujer le preguntó por su hermana, a qué se dedicaba.

—A sus eternas chaquetas de punto, ya sabes.

Se quedaron en silencio. A Mattis le dolió pensar en Hege, y en que tenía que mantenerlo.

—Y yo, que como tanto... —refirió. A esta mujer no debía venirle con cuentos—. Todo lo que ella gana me lo como yo —continuó.

La mujer no contestó nada al respecto, simplemente comprobó si a él le quedaba café.

—Ahora también tiene canas —dijo.

La mujer se mantuvo callada.

—No es fácil mantenerme a mí —dijo él.

Entonces la mujer se levantó y dijo casi punzante:

—Deja de hablar así, Mattis.

¿Debía callarse? Pero estaba deseando poder hablar sobre sí mismo y sus marañas mentales. No era frecuente encontrarse en esta situación: poder sentarse y beber un buen café y charlar a corazón abierto con una mujer.

—Bueno, si no debo, entonces no lo hago —dijo él.

Le temblaba la voz.

La mujer se fue a la otra habitación para realizar una tarea y Mattis se quedó solo. Cuando volvió, fue como si Mattis no hubiese movido ni un dedo, estaba inmerso en lo difícil e incomprensible, tenía lista una pregunta importante y empezó a formularla:

—Pero ¿puedo hacerte una pregunta?

Ella asintió, aunque algo reacia.

—Puedes preguntar, vamos. Ya veremos si te contesto o no. Si puedo.

Mattis le preguntó:

—¿Por qué las cosas son como son?

La mujer negó con la cabeza. Eso fue todo. Él no se atrevió a repetir la pregunta. Esperó paciente. Paciente por fuera. Rabiosamente impaciente por dentro. Se volvió hacia ella de nuevo. Ella volvió a negar con la cabeza.

—¿Quieres más café? —dijo.

Él comprendía y no comprendía. Tiritaba. Se asomaba a un abismo de enigmas.

—De eso sí que puedes estar segura —dijo, refiriéndose al café—. Y ahora que ha llegado la becada —continuó, interrogante.

—Sí, eso sí que no lo hemos visto nunca nosotros, sobre nuestra casa —dijo la mujer enseguida, contenta de poder decir algo así—. Ahora quédate sentado —añadió, y se fue un momento; mientras tanto, la dolorosa pregunta logró asentarse de nuevo en el fondo, muy dentro de él.

El tiempo transcurría, Mattis permaneció sentado.

—Imagino que ahora estarán sudando —le dijo a la mujer. La mujer disponía los alimentos para la siguiente comida, que sería pronto—. ¿Crees que debería ir para allá?

—Ya es tarde para eso. Volverán en cualquier momento. Quédate aquí tranquilo —dijo ella, al darse cuenta de su desconcierto—, no les va a gustar nada si apareces a estas horas.

Su forma de hablar y sus gestos denotaban autoridad. Mattis se revolvió en la silla, temiendo el encuentro con los compañeros de trabajo. La mujer salió poco después al patio y los llamó a voces. Ahora le habría gustado estar allí para lavarse las manos en la poza.

Ahí venían. La puerta estaba abierta. Se demoraron un poco afuera. Mattis, que tenía muy buen oído, escuchó atento por si se mencionaba al «Simplón». En efecto. Lo dijo el muchacho. Mattis no captó el contexto. Entraron los tres. Mattis se dolió en la silla. Avergonzado, tuvo que dirigirse al granjero:

—Yo también debería haber estado allí terminando mis surcos; pero me invitaron a tomar café.

El hombre asintió brevemente. Tenía la espalda cansada y, por lo tanto, no mantenía el mismo tono amistoso que había mostrado a primera hora de la mañana.

—De ese tramo nos hemos hecho cargo hace rato —contestó—. No podíamos dejarlo así como estaba.

La pareja de enamorados pasó junto a Mattis como si nunca lo hubiesen visto, parecían incómodos.

—Ven y come un poco, Mattis —dijo igualmente el hombre. Pasó por encima del asunto por completo, pese a todo.

—Sí, estaría bien comer algo ahora —contestó Mattis. Al mismo tiempo, gimió en su fuero interno.

Sin embargo, lo que le ayudó estando a la mesa fue la pareja de novios. Eran muy jóvenes, por lo que habría esperado miradas furtivas y sonrisas, pero permanecieron bien sentados, observándolo con amabilidad. Sin duda, la mujer habría hablado con ellos afuera, sobre cómo debían comportarse. Eso había pasado muchas veces. No debería importarme el motivo, se dijo, transformando el hecho en un repentino bienestar.

Era una pena que los dos jóvenes estuviesen ahora tan cansados que no parecían tan enamorados como aquella misma mañana. ¡Qué pena que sea así!, pensó. Sentía la urgencia de hablar con la muchacha sobre esto, ahora que estaban sentados uno frente al otro mientras comían. Posó los ojos en ella. Apoyaba sus manos femeninas recién lavadas sobre la mesa, y era agradable.

—¿Estás cansada? —empezó, atreviéndose.

Sin darse cuenta, se lo había preguntado suavemente, como una madre, y todos en la mesa lo miraron, sorprendidos. La muchacha se puso roja y apenas respondió.

—Sí —dijo ella rápido y en voz baja, ante esto que no percibía sino como algo bueno y comprensible, y que la atrapaba.

Todos esperaban que Mattis tuviese algo más que decir y, en efecto, así fue:

—¡Entonces es una pena que también sean novios! —dijo. Ahora seguramente se volvería en su contra. Pero era justo eso lo que quería decir.

Todos se echaron a reír sin inhibiciones, y continuaron con la comida. Mattis también se rio. ¿Igual había sido avispado, a pesar de todo? Se rio como un caballo, y los demás se rieron de su risa. Entonces todo quedó en calma. En calma, como tras un hachazo. ¿Qué había sido eso? Nadie lo sabía.

Se levantaron de la mesa. El trabajo había terminado por hoy, y el hombre preguntó a la pareja de enamorados si podían regresar y ayudar al día siguiente.

—Eso haremos —respondieron, y se marcharon. Mattis se les quedó mirando largo rato mientras se alejaban. Con toda seguridad, él no volvería mañana, así que no disfrutaría viéndolos.

—¿No querrás que *yo* vuelva mañana, no? —se obligó a preguntar. Tal y como había transcurrido la jornada, sonó casi descarado.

El hombre tampoco se sintió cómodo.

—No es necesario —tuvo que contestar—. ¿O tú qué piensas al respecto? Aunque ahora tenemos que ajustar cuentas por lo de hoy.

—¡No! Si en realidad no he hecho nada. Es así, la verdad.

—De todos modos, algo has de recibir.

—¡Bueno, por dos surcos, sí! —dijo Mattis casi frenético—. Pero por nada más. Haz la cuenta.

La situación era incómoda para los dos. Mattis captó una mirada fugaz de la mujer al hombre. El hombre dijo:

—Sí, vale, entonces lo haremos así. Por dos surcos. Así de fácil.

El hombre le pagó y le agradeció su labor, como es costumbre.

—¡Hum! —dijo Mattis para sí mismo.

—¿Pasa algo?

—No. Solo…, así de fácil.

Así de fácil, murmuró para sí mismo; esas tres palabras le hicieron sentirse bien. Así son las conversaciones entre hombres.

Recogió su sombrero.

—Pues listo, entonces —dijo junto a la puerta. El hombre y la mujer lo miraron algo desconcertados.

12

En casa, Hege estaba sentada fuera, con su labor. Se había colocado de modo que pudiese ver el sendero que bajaba de la carretera principal. Mattis la vio como un insignificante ovillo pequeño, justo cuando se desviaba hacia el claro.

Una cosa así de pequeña, cuando uno la mira desde aquí. Acurrucada. Nada.

¿Qué habrá *dentro* de ella?, se puso a ponderar. Era avispada. A eso le tenía un gran respeto. Podría albergar un volcán, por lo que él sabía.

Ella debería haber sido la más joven de los dos; así habría podido verla cuando aún era una pequeña semillita, y habría podido darle de comer con una cucharita, viendo cómo la comida se le escurría por la comisura de los labios. Eso también debería haber sido absolutamente al revés.

Las sombras de los árboles comenzaban a alargarse. Con el atardecer refrescaba. Tras el caluroso día de trabajo, el fresco resultaba agradable y era bienvenido.

Hege se puso en pie en cuanto llegó.

—¿Ya has comido? —le dijo a modo de saludo.

—De eso puedes estar segura —contestó Mattis con firmeza, feliz de poder contar algo que le había salido bien durante el día—. No faltaba la comida, ahí donde he estado —añadió.

Hege se puso a indagar dónde había estado y qué había hecho, quería saber todo sobre su día. No le quedó más remedio que contárselo.

—Y he estado en esa granja casi hasta ahora.

—Muy bien.

Quién pudiera darle la paga de un jornal completo para los materiales de las chaquetas de punto.

—Pero fue así de fácil —dijo rápidamente—, recibí dinero contante y sonante.

—¿Cuánto ha sido?

Ella era imposible con estas cosas.

—Lo que resultó por dos surcos, así de fácil. Si no, no habría sido así.

—Pues sí —dijo Hege.

—Sí, tú sabrás que es así de fácil, tú que haces chaquetas de punto, ¿no?

Se había entusiasmado tanto que le temblaba la voz, y se apresuró a contarle sobre la pareja de enamorados.

—Y entonces le pregunté a la mujer del granjero, y fue incapaz de darme una respuesta —concluyó.

Hege dijo afligida:

—¿Otra vez con esas preguntas?

—Sí, así era ella.

—No sirve de nada, en algún momento tienes que dejar de hacerlo —dijo su hermana, en tono severo.

—¿Y eso por qué?

—Porque no son más que tonterías —dijo Hege con amargura.

Él se acurrucó ligeramente, como un ovillo, y no dijo nada más. Lo que le había preguntado a la mujer no se había mencionado. Hege ya lo sabía.

Entrada la tarde Hege dijo que quería ver el vuelo de la becada; y él se lo tomó como una recompensa por su parte, recompensa por el hecho de haber ido a trabajar y por haberlo pasado tan mal. Sentía que el paso de la becada era casi como una creación propia. Hege lo siguió afuera.

—Qué bien que hayas entrado en razón —dijo él.

Afuera, el tiempo estaba en calma y era adecuado. Mattis estaba alegre y giraba la cabeza de un lado a otro, mientras aguzaba el oído, expectante.

Entonces apareció el pájaro, acompañado de todo lo indecible que traía consigo. Hege pudo formar parte de ello. Un destello, un leve batir de alas en su interior, desapareciendo de nuevo.

Hege no dijo nada, pero al menos parecía receptiva.

Mattis dijo conmovido:

—Y ocurre una y otra vez.

Hege dijo que ahora ya podían irse a dormir. Pero Mattis pensó que ella seguramente también se había emocionado.

Por eso le tocó el brazo. Habría querido decirle que la casa ahora era diferente, que había adquirido una ventaja sobre las otras casas, se había sublimado de alguna manera. Todo esto era imposible de explicar, pero al menos podía tocarle el brazo.

—Ahora lo has visto —dijo tan solo, adoptando sin querer un aire señorial. Hege, en un descuido, dijo:

—Sí, pero esto no es obra tuya, ¿no? Hablas como si lo fuese.

Fue como recibir un bofetón. La miró aterrado. ¿Cómo podía decirle semejante cosa en un momento como ese? La rabia se apoderó de él.

—¿Pero de qué estas hecha *tú*? ¡Siempre tienes que arruinarlo todo!

—¡Shhh!

No se dejó callar, y buscó a su alrededor algo que pudiera usar contra ella. Lo primero en lo que recayeron sus ojos fueron las copas resecas de los álamos. Olvidó todos sus anteriores propósitos, señalando las copas de los álamos:

—¿Las ves? Te voy a decir algo, ¡las han bautizado con nuestros nombres!, ¡no se llaman de otro modo! Ha llegado la hora de que tú también lo sepas. También han usado tu nombre.

Estaba preparado para ver a Hege encogerse hasta hacerse un ovillo. No sucedió nada. Hege, guardando la calma en todo momento, dijo tan solo:

—Vaya, ¿así que lo sabes?

Él se la quedó mirando.

—Pensé que era la única en esta casa que lo sabía —dijo ella, palmeándole el brazo.

La más orgullosa parecía ella, así tan erguida, pensó Mattis. De repente se había puesto así. Hablando sobre aquellos árboles de la vergüenza:

—¿Y qué nos importa? No nos afecta en nada. Es la simple ocurrencia de unos críos tontos. Es infantil.

Ella se creció. Y Mattis se creció porque estaba junto a ella y era su hermano, y porque una de las copas resecas era suya y no podía hacer nada al respecto.

Sin embargo, no estaba *totalmente* de acuerdo con ella. Era mucho más fácil para ella decir palabras como esas. Pero le gustó escucharla decir aquello, verla así le dio fuerzas. Ella lo miró fijamente a los ojos y le dijo, contundente:

—Y no volveremos a hablar de este tema. Esos árboles pueden permanecer ahí tanto tiempo como quieran, a nosotros no nos concierne.

—Sí, está bien —dijo Mattis, y guardó silencio.

13

Dos días más tarde, Hege dijo:

—Pienso que deberías volver a intentarlo, Mattis.

Sonó más bien a orden.

—¿Ir a trabajar?

—Ir a preguntar, al menos. Dado que resultó tan bien la última vez que saliste.

—Ahora va a ser distinto —contestó él, sin hacer ningún ademán de obedecerla.

Hege dijo cortante:

—Sí, pero ve a buscar en alguna parte mientras esperas a que *lo* sea, entonces.

Era temprano por la mañana, y parecía que iba a hacer un buen día. Mattis había pasado dos días sentado en la orilla del lago, lanzando piedras y pensando. Había salido con el bote a remar y a pescar un poco, sin capturar nada, como siempre. Para Hege se trataba de no tener que verlo sentado allá abajo, lanzando sin parar esas estúpidas piedras. No era cuestión de trabajo; en realidad, *eso* no llegaría a nada.

Su tono punzante decidió el asunto.

—¡Pero a escardar nabos, no! —suplicó.

—A mí me da exactamente lo mismo, ¿sabes?, mientras regreses con dinero —dijo Hege, obstinada.

—Dependerá de cómo sean los pensamientos —dijo Mattis—. Son ellos los que deciden. Mira que eres testaruda —se permitió añadir.

—Ya verás como irá bien —dijo Hege—. Hay muchos trabajillos para quien los quiera.

Sentía como si ella lo empujara para que se fuese. Era más testaruda que antes, más impaciente que antes; los reproches se iban acumulando en silencio.

¿Dónde debía buscar? Se había ido, tal y como le había ordenado. En la granja en la que había estado la última vez ya se había despedido. Seguro que tenían el mismo trabajo de la última vez. Se dirigió hacia allá.

En efecto, ahí estaban los tres. Justo acababan de llegar al sembrado. Aún les quedaba tarea en ese enorme cultivo. Resultó de lo más extraño pasar junto a ellos por la carretera; los conocía tan bien desde aquel día, había vivido tantas cosas con ellos… La pareja de enamorados desprendía sin duda una cierta energía matutina.

¿Lo vieron pasar por la carretera?

No.

Deseó que le saludasen con la mano. Habría sido como un destello dorado que rememorar. La muchacha, vaya. No deseaba que los hombres le saludasen, eso lo habría incomodado. Pero la muchacha, sí. No, al parecer ella no se percataba de nada más que de los pellizcos.

Más adelante había dos niñas sentadas en el prado, junto a la carretera. Jugaban seguras al otro lado de la valla, charlando y sosteniendo sus muñecas, y eran tan pequeñas que eran inocentes. Parloteaban entre ellas, pero una aprovechó para preguntar, con sus grandes ojos azules posados en él, y voz cantarina:

—¿Y tú a dónde vas, Simplón?

Cantarina y sin curiosidad, casi como una pregunta obligada. Las niñas conocían bien a los vecinos, ya que vivían junto a la cuneta. Por eso también el Simplón les resultaba familiar.

Tranquilo, tranquilo, se dijo, son solo unas criaturas.

—A ningún sitio —contestó.

No preguntaron más, les era indiferente lo que él fuese a hacer.

De todos modos se apresuró a alejarse de ellas. Varios coches lustrosos que avanzaban a toda prisa le hicieron recomponerse de nuevo. Cruzarse con coches que uno no conocía era muy fácil. Ninguno de sus pasajeros sabía que él era el Simplón. Los miraba directamente, pues así pensarían que él era tan avispado como ellos.

Continuó deambulando de aquella manera, pasando granja tras granja. Ya sería hora de empezar la jornada de trabajo. Pero cuando alcanzaba una cerca se detenía y prestaba atención a sus pies: hacía una prueba que se había inventado otro día de desconcierto, cuando se enfrentaba al mismo dilema.

—Si queréis subir, sentiré un tirón —les dijo a los pies, y aguardó.

Pues no, no experimentó ningún tirón hacia esa granja, los pies son más sabios. Lo intentó una y otra vez aquella mañana…, con los mismos pésimos resultados ante cada nueva cerca.

¿Aprobaría Hege que estuviera deambulando así?

De hecho, Hege no sabía nada de la prueba de los pies, era un secreto. Ella era reacia a entender algo así.

Al final llegó a la tienda; y eso era lo que en el fondo había tenido en mente todo el tiempo. Aquí no era cuestión de hacer prueba alguna, pues la tienda estaba en medio de la carretera, como una trampa en la que todos acaban por caer. Se situaba al borde del lago, junto a una especie de muelle.

Ahí adentro se podían conseguir caramelos. A Mattis le gustaban los caramelos. El tendero tampoco se había burlado nunca de él cuando se comportaba torpemente.

A esas horas del día no había conocidos en la tienda, solo turistas en bicicleta, jóvenes con poca ropa tomando refrescos. Mattis no debía quedárseles mirando demasiado tiempo, tenía que cortar por lo sano con mano firme. Rebuscó en el bolsillo y encontró la moneda de cincuenta centavos que sabía que guardaba ahí.

—Cincuenta centavos de caramelos —dijo con indiferencia, como si fuese algo que hiciese todos los días.

El tendero preguntó por pura formalidad:

—¿De alcanfor?

El tendero conocía sus costumbres. Le resultaba divertido que los forasteros lo escuchasen decir esto. Mattis agradeció aquella breve y segura conversación.

—Sí, como siempre —respondió. Aquel día traía, además, una pregunta de mayor importancia.

—¿Sabes cómo es posible que la becada altere su trayecto, y que ahora vuele justo encima de una casa por donde no ha pasado antes? —preguntó; era una pregunta enrevesada que había memorizado por el camino.

—No cambian de trayecto —opinó el tendero—, si la becada aparece en un lugar nuevo, seguramente se trate de un polluelo del año pasado que ha comenzado a valerse por sí mismo, pienso yo.

Mientras hablaba, el tendero escarbó con una cucharilla dentro del bote de caramelos de alcanfor. El lustroso interior del bote de hojalata lucía un delicioso color amarillo.

—¿Eso piensas? —dijo Mattis, abatido.

—Sí, ¿no te parece bien? ¿Se trata de algo que has visto recientemente, quizá?

—¡Uy! No, así no es, creo yo. No hay nada inusual en eso que estás diciendo. ¡No deberías menospreciarlo, cuando no es poca cosa!

Tomó el primer caramelo.

En ese momento, uno de los ciclistas dijo:

—¡Diablos, mirad esas nubes! Seguro que en cualquier momento cae una buena tormenta.

Mattis pegó tal respingo que por poco se atraganta con el caramelo. Cuando echó un vistazo por la ventana, él también vislumbró el oscuro frente de nubes que asomaba sobre la colina. El sol aún brillaba.

—¿Habrá tormenta? —preguntó espantado, dirigiéndose directamente al turista bronceado y con el torso peludo que estaba allí.

El forastero lo miró un tanto extrañado, pero contestó malhumorado, dirigiéndose más a su hermosa comitiva que a Mattis:

—Sí, va a ser una tormenta tremenda. Y lo bien que lo íbamos a pasar en este paseo…

Mattis perdió todo el interés en la tienda. Habrá tormenta, a casa, a casa, era lo único que tenía en la cabeza. Su refugio quedaba lejos, y ahí era adonde tenía que dirigirse.

Se apresuró a salir. A través de la puerta entreabierta escuchó al tendero comentar algo sobre él, como respuesta a una pregunta del ciclista. De nuevo, la gente no tenía en cuenta su buen oído. Él, que podía oír a través de las paredes y más lejos que cualquiera, estaba muy acostumbrado a escuchar aquello que no debía.

—Es un poco simplón —dijo el tendero allá dentro.

El tendero también. Mattis no lo habría creído. Pero ¿por qué no?, tuvo que reconocer al mismo tiempo. Solo dice las cosas como son. Es un poco simplón. Es cierto. Y enseguida escuchó: «..., pero tiene una hermana muy valiente, es ella la que se encarga de todo».

Por fortuna la puerta de la tienda se cerró de un portazo, por lo que se libró del resto de la conversación. Quizá no dijesen nada más. Ese no da ni un palo al agua, quizá se dijo también.

Bueno, en ese momento aquello quedó eclipsado por las nubes oscuras y su miedo a la tormenta. Ahora lo importante era llegar a casa cuanto antes y ponerse a salvo en un lugar seguro. Apresuró el paso tanto como pudo. La bolsa de caramelos la llevaba en la mano. El sol aún brillaba, ardiente, como solía suceder antes de una tormenta.

Un coche dio un bocinazo colérico justo detrás de él, arrojándolo a la cuneta de la carretera como un fardo. El vehículo había frenado bruscamente y, mientras se deslizaba a su lado, alguien dijo por la ventanilla abierta:

—¡No camine por el medio de la carretera, imbécil!

Era una voz enojada y asustada. Mattis vio un par de ojos furiosos mirándolo desde la ventanilla a medio bajar. Un absoluto extraño.

—¡Mira que ha sido por los pelos! —dijo la voz escandalizada desde la ventanilla—. Ahora podría usted yacer aplastado, así como va deambulando.

La ventanilla se cerró y el vehículo arrancó a toda velocidad dejando una nubecilla de humo junto a Mattis.

Mattis se tragó el humo y avanzó tambaleante por la cuneta. Mattis sabía que el hombre le habría gritado lo mismo a cualquiera, era un grito de miedo. El hombre era un turista, no sabía a quién le estaba hablando. Mattis se lo repitió una y otra vez, y de pronto se percató de que estaba a salvo de millones de personas que no sabían lo más mínimo sobre él. Había una especie de neblina amistosa entre ellos y él. Estaba bien pensar eso: un sinfín de personas no tenía la más remota idea de que él era un simplón.

Pero ahora le echaba una carrera a la tormenta. Sus experiencias con las tormentas eran muchas. A veces un temporal aparecía de pronto, como salido de un saco, otras se tomaba su tiempo y gruñía largamente antes de tornarse peligroso. Otras veces se mantenía a distancia todo el tiempo, siguiendo otro curso. No existían reglas fijas. Hoy las nubes lejanas iban aumentando lentamente. Mattis podía contar con que llegaría a casa a tiempo.

A la niña que le había llamado junto a la carretera no se la veía por ninguna parte. Pero los tres del campo de nabos seguían escarbando.

¿Ella le estaría saludando con la mano?

No.

Ya estará cansada.

No voy a pensar en eso tampoco; se avecina una tormenta y uno no debe pensar en este tipo de cosas. Ni siquiera el menor pensamiento. Así es con las tormentas.

De sopetón se topó con un conocido suyo o, al menos, alguien con quien solía hablar, sin ansiedad, cuando se lo encontraba.

El hombre alzó el brazo como si Mattis fuese un autobús al que quisiera detener.

—¡Espera! Vaya prisa llevas, ¿no, Mattis?

—Sí, ya ves cómo se está poniendo el tiempo —dijo Mattis seriamente.

—¿De qué tiempo estás hablando?

—La tormenta que está a punto de caer, como bien puedes ver. Y entonces es mejor estar en casa.

El hombre sabía muy bien lo que Mattis sentía con respecto a las tormentas, y observó las nubes:

—Puedes ir con calma, creo yo. Esas nubes no traen mal tiempo, ¿no ves cómo se están disipando?

Mattis negó con la cabeza sin creer lo que escuchaba, el hombre seguramente se lo decía para consolarlo. Una tormenta terrible, había dicho el ciclista de la tienda, eso, sin duda, se acercaba más a la verdad.

—¿Qué te había dicho? Mira eso, Mattis.

Mientras permanecían allí parados las nubes fueron levantándose y el cielo azul asomó entre ellas y las montañas. Todo su carácter amenazante desapareció, no era un frente tormentoso. Justo por debajo el cielo lucía maravillosamente azul y despejado.

—¿Lo ves? —dijo el hombre—, son nubes de buen tiempo que se desvanecen por completo.

Mattis dio un largo suspiro de alivio.

—¿Quieres un caramelo? —dijo agradecido.

Entonces el hombre continuó su camino, chupando el caramelo amarillo.

Mattis regresó a la cadencia habitual de su paso. Pero ya era tan tarde que era inútil ir a pedir trabajo, constató. No se sentía muy a gusto, dado que ahora debía volver a casa con Hege y rendirle cuentas de su búsqueda de empleo. Tan pronto como se hubo desembarazado de la amenaza de la tormenta, volvió el habitual cargo de conciencia.

Llegó al camino que bajaba hacia la cabaña. Las copas resecas de los álamos se alzaban al aire. Ni siquiera las miró.

No, no las miró, porque le sucedió algo extraño que le hizo olvidarse de todo. Cuando alcanzó el final del sendero, qué fue lo que vio:

Un pájaro.

Había un gran pájaro reluciente, en mitad del sendero.

Un pájaro desconocido. Tenía la cabeza alzada, vuelta hacia Mattis, que venía en su descenso.

¿Este quién es?, pensó, atónito.

Se sintió extraño y vacío por dentro. Permaneció completamente quieto, y el pájaro permaneció quieto. ¡¿Qué es lo que estoy viendo?!

El pájaro estaba ahí, pero ahora ya no podía quedarse, ahora que había sido descubierto… echó a volar. Con alas silenciosas se deslizó entre los árboles. No era una becada, este era un pájaro mucho más grande, y también muy diferente a la becada. ¿Y qué hará por estos lares?

¿Qué está pasando?, pensó. ¡¿Tendrá algo que ver con Hege?! No se le ocurría otra cosa. Corrió sendero abajo para averiguarlo.

No. Vislumbró a Hege enseguida, en su habitual puesto de vigilancia cuando él andaba fuera en alguna parte. Estaba sentada como un pequeño ovillo en la escalera. Los dedos se movían afanosos; eso, más que divisarlo desde donde estaba, lo sabía.

Mattis se le acercó y dijo, con los ojos muy abiertos:

—¿Quién es el que está allí arriba?

Hege le dirigió una mirada rápida, no lo entendía.

—¿Qué te pasa?

—Allí arriba hay un pájaro raro —farfulló él.

Ella empezó a trabajar de nuevo. Como queriendo detener las agujas un poco, añadió emocionado:

—¡He visto un pájaro grande y hermoso! Andaba justo allí arriba, por el sendero.

—Ah, ¿sí? —contestó ella un tanto cortante. Sin embargo, no fue tan contundente como siempre, debía de haber notado en su voz lo hermoso que había sido el pájaro. Y que era para alguien en casa para quien era hermoso. Se hizo el silencio. Una pausa inesperada. Algo que no tenía nombre.

Mattis contó:

—Echó a volar casi antes de que pudiese verlo.

Pero no tardaría en venir la pregunta impaciente de por qué, después de todo, él estaba aquí ahora, cuando debería estar trabajando. Mejor empezar uno mismo, digo yo.

—Bueno, he vuelto a casa, pues por lo visto no había ningún trabajo. Eso ya lo sabía. Y entonces alguien dijo que habría tormenta. Pero eso tampoco ha llegado a nada.

—Pues no —dijo Hege.

—Pero me saludó alguien que conozco —dijo él. Así, sin más, convirtió su anhelo en realidad. Se había hecho realidad, le pareció.

—¡Vaya! —dijo Hege.

No estaba enfadada, tan solo extrañada. Tan hermosamente se había reflejado en el rostro de su hermano el resplandeciente pájaro.

14

Por la mañana pensó, con el corazón henchido:

«Hoy somos la becada y yo».

No podía explicar de qué manera. Tampoco necesitaba explicación alguna. Después de todo, había trazos en el aire, sobre la casa, vestigios que había dejado el vuelo de la becada mientras él dormía, anoche y todas las últimas noches. Dormir parecía casi un pecado.

Cuanto más pensaba Mattis en la becada, más seguro se sentía de que algo bueno iba a suceder. Algo diferente. Era por eso por lo que la becada estaba sobrevolando la casa por las mañanas y por las noches, pero siempre mientras la gente estaba en sus casas.

Aquello tenía sentido, le parecía. Él mismo podía salir y sentarse a vigilar, seguir su vuelo con tanta frecuencia como quisiese. Eran la becada y él.

Hoy era un nuevo día con ella.

Mattis estaba cautivado por la becada. No podía dejar de insinuárselo a Hege constantemente. Hege estaba harta de escucharlo, pero pensó que podría decirlo de modo que ella no se diese cuenta de qué se trataba, y así lograr desahogarse. Temprano por la mañana, mientras Hege le servía el desayuno, le dijo:

—Ahora es un ir y venir conmigo.

—¿Qué quieres decir? —preguntó ella con paciencia.

—Así.

Rasgó el aire por encima de su cabeza con los dedos, trazando el vuelo de la becada.

Hege estaba ya de camino hacia su labor. Siempre estaba ocupada. Mattis habría deseado que ella compartiese todo aquello que llevaba dentro en ese momento, pero, en su ceguera, Hege no se daba cuenta.

—Espera un poco, Hege, ocurren *tantas cosas* justo ahora.

—Apresúrate entonces —dijo ella.

—Qué poco sabes de algunas cosas.

Lo dijo en tono amistoso y un poco asustado; estaba hablando con una persona muy avispada.

—Sí, eso dices tú —contestó ella.

—Trazos hacia aquí y allá —dijo él.

»... y mientras duermes —dijo.

»Todas y cada una de las noches —dijo, redondeando.

Ahora ella lo miraba como a un adulto, y entonces dijo algo:

—Qué suerte que así sean las cosas para ti. Para mí no lo son, te lo aseguro.

Se había detenido, dejando atrás sus prisas por retomar las rosas de ocho pétalos. Había escuchado un tono en su voz que la había hecho frenarse hoy también.

—Entonces, ¿cómo son las cosas para ti? —preguntó él, sin pensarlo. Arruinó el momento por completo. Ella dio un respingo, aun cuando había sido culpa suya.

Pero en Mattis tremolaba un canto: la becada y él. Debía adentrarse en el bosquecillo, bajo los trazos invisibles del cielo. Ahora ese era su camino, un camino que albergaba alegrías. Esta vez tampoco quedó decepcionado: al instante tuvo que detenerse.

Tú eres tú, era lo que sonaba en su interior, o al menos así era como lo oía.

Era dicho en el lenguaje de los pájaros. Dicho en la escritura de los pájaros.

Estaba de pie junto a una ciénaga reseca, justo bajo el paso de la becada. Hechizado, miraba. Allí leyó un mensaje, o lo que fuese que debiese llamarlo.

En la tersa superficie amarronada del cieno resaltaban las delicadas huellas de las patas de un pájaro, y también había en la ciénaga numerosos agujeritos, redondos y profundos. La becada había pasado por allí. Los profundos agujeros los había producido el pico que la becada había clavado con fuerza en el suelo para desenterrar algo de alimento o, en ocasiones, solo por picotear y escribir con ello.

Mattis se agachó y leyó lo que ahí decía. Contempló sus leves huellas danzarinas. Así de ligero y delicado es el pájaro, pensó. Así de ligero es el caminar de mi pájaro sobre el cieno, cuando está cansado del cielo.

Tú eres tú, ponía.

¡Menudo saludo!

Encontró una ramita y formuló una respuesta en un espacio vacío sobre la superficie parda. No usó letras ordinarias; esto era para la becada, así que él también utilizó la escritura de los pájaros.

La becada lo notará la próxima vez que venga por aquí. Yo soy el único que viene por aquí, y el único que escribe.

El lugar era tranquilo y oculto. Era imposible hallar un lugar mejor para encontrarse. Alrededor de la pequeña ciénaga se elevaba un bosque; la luz del sol descendía hasta el pequeño claro, desplomándose espesa y tibia sobre el cieno, desecándolo, para que allí danzaran aquellos que eran ligeros y tímidos.

¿Debía sentarse aquí el resto del día y la tarde, y esperar a que el pájaro viniese y quizá se posase a su lado?

Resultaba tentador, pero desechó con fuerza la idea. No se atrevía. Uno nunca sabe. El pájaro podría asustarse… y algo podría quebrarse, algo que por nada del mundo debía quebrarse.

Ahora había un saludo, eso debía ser suficiente.

Mañana volvería y vería si el pájaro lo había leído. Regresó a casa, silbando para sí mismo, pero sin decir nada, dado que Hege estaba cerrada a este tipo de cosas.

15

Partió expectante al día siguiente, y no quedó decepcionado. No muy lejos de sus propios trazos, había algo nuevo picoteado por el pico del pájaro.

Mattis estaba preparado para esto, pero igualmente le impactó tanto que tuvo que sentarse en una piedra.

Realmente algo se había puesto en marcha entre ellos.

¿Y qué decía el pájaro, en su fino lenguaje?

Mattis no tenía duda. Versaba sobre una gran amistad. Plic, plic, plic. Amistad eterna, eso significaba.

Sacó la ramita y escribió con solemnidad que él sentía lo mismo.

Era fácil escribir en la escritura de los pájaros. Debían contarse muchas cosas el uno al otro. También habían aparecido más huellas de pisadas. Mattis imaginó que se veían como pasos de danza. Algo había hecho danzar al pájaro solitario.

Pero uno no debería simplemente quedarse aquí haciéndose preguntas y espiando.

Mattis miró a su alrededor y dijo en voz alta:

—Grandes cosas.

Lo dijo en el lenguaje común de las personas. Sonaba tosco y ordinario. Habría querido usar solo el lenguaje de los pájaros de aquí en adelante; regresar a casa con Hege y no hablar de otro modo. Entonces quizá ella habría empezado a comprender un poco aquello que, de momento, permanecía oculto para ella.

Pero no se atrevía a arriesgarse a eso, tenía una idea clara de cuál sería el resultado. Supongo que me encerrarían. Del más fino de los lenguajes no querrán saber nada, se lo tomarán a risa.

Pero mientras la alegría rezumaba en su interior, se agachó y escribió un poco más. Podría haber cubierto toda la ciénaga en ese momento. Pero no se lo podía permitir; la becada también debía tener espacio para escribir lo suyo. Cada día se apresurarían a venir, ligeros y danzarines, y picotearían todo lo que sus corazones quisieran decir.

Al tercer día del descubrimiento ocurrió lo mismo, y también al cuarto. Hege le preguntó qué hacía en el bosque tan a menudo.

—¡Hum! —dijo él.

Ella no le preguntó más.

Cada vez se sentía más tentado a quedarse allí esperando al pájaro, pero logró resistirse. Esperaba cada nuevo día con impaciencia.

Al quinto día no había ningún mensaje nuevo para él. ¿Qué habría sucedido? ¿Acaso el bosque no estaba también más silencioso que de costumbre?

En su interior, aquello se manifestó como un dolor abrasador: la becada ha muerto.

¡No! ¡No!

Se había involucrado tanto tras cuatro días intercambiando mensajes que se imaginó terribles desastres cuando no encontró nada nuevo que leer en el cieno. Sin embargo, picoteó alguna cosa propia antes de marcharse a casa.

Al anochecer, se sentó fuera de la casa esperando el paso de la becada. Hege dormía.

Suave brisa cargada de lluvia, tal y como debía ser. Una revelación lo atravesó de repente:

Algún día, el vuelo de la becada cesará. Y algún día ya no habrá becada.

—¿Quién es el que se lamenta por posibles desastres? —dijo a la brisa húmeda con repentina confianza, pues ahí venía la tan esperada, familiar y bendita, siguiendo la misma ruta, con los mismos cantos. Mattis apenas logró evitar despertar a Hege.

Cuando al día siguiente llegó al lugar de encuentro, también había un nuevo mensaje para él.

Así estamos, pensó.

Y aún quedaba un espacio en blanco, que habría de cubrirse con agujeritos y huellas danzarinas.

16

Pero apenas un par de días después Mattis sintió dolor. Dolor súbito. Entraba y salía sin parar. Cuando Hege le preguntó, contestó:

—Es como si fuese un dolor de tripa. Pero solo lo parece.

—¿Has comido algo que te ha sentado mal, o es el tiempo?

—Ni lo uno ni lo otro —respondió él, y regresó de nuevo al patio.

La becada corría el mayor de los peligros, eso era.

Antes del mediodía se había topado con un jovenzuelo por la carretera, y el muchacho le había preguntado si era cierto que había una becada sobrevolando su casa. Claro que sí, había contestado Mattis, feliz de que alguien le preguntase. Hasta entonces siempre había tenido que imponerle a la fuerza este hecho a la gente.

Entonces un escalofrío recorrió su cuerpo, y se arrepintió amargamente de sus palabras. Estaba hablando con un cazador. Lo supo por un destello en su mirada.

—¡Pero ya se ha acabado! Ya está muy entrado el verano. Llevo mucho tiempo sin verla.

El muchacho se había reído, porque algo sabía del tema:

—¿Crees que no sé cuándo acaban esas cosas?

El cuento de Mattis se había desmoronado. Mattis quiso rogarle al muchacho que no le hiciese nada al pájaro, pero resultó ser demasiado tarde, como tantas otras veces cuando se trataba de algo importante.

—Adiós —se apresuró a decir el muchacho, alejándose con pasos elásticos. También estaba bronceado y torneado; seguramente era uno de esos enérgicos trabajadores de los que todos quieren echar mano y que se alquilan al mejor postor… y que a las muchachas les gusta tener cerca.

Pero Mattis no consiguió deshacerse del brillo de su mirada. Era un cazador, y quizá quisiera volver con una escopeta y agazaparse en el lindero del bosque, atento a la becada, y simplemente pegarle un tiro.

Quizá esa misma tarde. ¿Acaso era de extrañar que a uno le doliese la tripa?

No quería hablar de eso con Hege, pues entonces todo saldría a la luz, el horror de que había sido él mismo quien le había dado la pista al cazador. Todo el mundo lo sabía ya, trató de consolarse, pero fue en vano. Hoy se lo había contado a un cazador, que había venido expresamente a preguntarle. Mattis se había percatado de ello demasiado tarde.

El estómago se le revolvió aún más al cabo de un rato.

Afuera, la tarde se había tornado agradable y cálida. Estaba nublado, y el aire incluso olía a lluvia y todo. Mattis dio una vuelta alrededor de la casa, con el rostro vuelto todo el tiempo hacia los arbustos, como para impedir que alguien estuviese ahí al acecho con una escopeta.

Sabía lo inútil que resultaba todo aquello. El bosque de los alrededores podía cobijar a cientos de muchachos con escopetas, sin que él pudiese ver a ninguno. De todos modos, trotó alrededor, mirando entre los arbustos, entre las pequeñas sombras que comenzaban a acumularse por ahí. Cada vez más angustiado por las invisibles escopetas. Seguramente eran muchas.

No, no, no.

Rodeó la casa. ¿De qué servía eso, en realidad? Los pájaros sobrevolaban a gran altura, y él no podía advertirles antes de que estuviesen justo sobre el tejado, y ni siquiera entonces.

Tuvo un sobresalto: el primer vuelo había llegado. Su corazón se detuvo.

El pájaro apareció.

Uno dos tres. Y se fue. Como una estela a través de Mattis. Y el pájaro pudo continuar libre, sin ningún estruendo de escopeta que interrumpiese el silencio.

Entonces, ¿quizá había sido su imaginación? No, eso no atenuaba el horror. Seguro que la escopeta estaba por aquí en alguna parte, simplemente no se había producido ningún disparo en la primera pasada.

Mattis siguió avanzando en su inútil ronda. Gritó un «¡ey!» de advertencia a los arbustos. No hubo respuesta.

—¡Ey! —dijo aún más alto.

Ninguna respuesta. Pero enseguida algo crujió allí adentro. Un sonido suave y peligroso.

¿De dónde venía? No logró escuchar de dónde provenía, gritó más fuerte. Seguramente había alguien.

—¡No! —gritó entonces, directamente.

»¡Aquí nadie debe hacer daño! —gritó.

El silencio en el bosque era sepulcral.

Ya tampoco faltaba mucho tiempo para que la becada pasase por segunda vez.

—¡No se debe! —gritó. Sonó sin aliento y sin fuerza. No tenía claro si se trataba de una advertencia dirigida al cazador escondido, para que no cometiese un delito, o si era una advertencia para el pájaro en vuelo, para que no viniese. Más bien era ambas cosas a la vez.

Aquella tarde el bosque estaba irreconocible. El bosque en el que Mattis solía sentirse seguro... aquella tarde le resultaba completamente engañoso y escalofriante. La tarde veraniega descendía como un torrente y llenaba el claro bajo el espacio celeste, pero entre los arbustos seguramente asomaba el cañón de una escopeta. Eso paralizaba y dañaba todo.

Mattis quiso gritar por tercera vez cuando escuchó el susurrante batir de alas, pero se quedó boquiabierto sin emitir sonido alguno.

No, dijo en su fuero interno, sin palabras, como un lamento. Sin fuerza alguna.

¡Pum!, sonó estrepitosamente desde el interior del bosquecillo. Tan al fondo que los ojos de Mattis no habían alcanzado a ver hasta allá. Y en lo alto del cielo se escuchó un graznido de pájaro.

¡Pum!, retumbó ensordecedor desde la ladera de la colina.

Mattis se quedó petrificado. Primero el estruendo pasó como una oscuridad por encima de él, y después la becada tiroteada se desplomó en el aire vespertino, cayendo sobre la tierra con un golpe seco a un par de pasos de donde él se encontraba.

Mattis seguía sin poder moverse. Trató de ordenar sus pensamientos..., no había modo de dominarlos. Pero ahí venía un muchacho, saliendo de entre los arbustos... y en ese mismo instante Mattis recobró el control sobre su cuerpo, dio un salto y recogió el tibio pájaro cargado de plomo, le alisó el desaliñado plumaje y contempló el ojo oscuro.

El pájaro lo miró.

No, no lo pienses. No debes. Este pájaro está muerto.

Muerto. ¿Por qué está muerto?

Antes me vio.

Ahora el cazador había llegado al claro; venía dando brincos, irradiando el placer de la caza. Ciertamente era el mismo muchacho de aquella mañana, alegre y fuerte.

Mattis seguía de pie con el pájaro en la mano.

—¡Ese fue un buen tiro! —dijo el muchacho, sopesando su reluciente escopeta en la mano—. Apenas alcancé a divisarlo, veloz como una saeta, y entonces alcé la escopeta.

Mattis no contestó.

—¡Ah, es verdad!, tú no entiendes de esto —dijo el muchacho—, pero ha sido un tiro buenísimo. Y ni siquiera ha movido una pata después, según veo.

Mattis estaba perdido con el pájaro. Mudo. La mano que sujetaba el pájaro le colgaba a un lado; como si hubiese olvidado qué era lo que sostenía.

El muchacho le preguntó extrañado:

—¿Piensas que es tuyo?

Mattis guardó silencio.

—Dámelo, debo irme a casa y mostrarles lo bien que disparo —dijo el muchacho, guiñándole un ojo e inclinando la cabeza amistosamente, mientras se echaba la escopeta a la espalda y se preparaba para marcharse.

Mattis no le entregó el pájaro ni hizo ningún gesto de obedecer, mirando desconcertado al muchacho. El muchacho dio un abrupto paso atrás.

—¿Por qué no dices nada? —comenzó de nuevo; ya no estaba tan alegre como cuando había venido brincando.

Mattis se recompuso, quería decir algo sobre los ojos oscuros que lo habían mirado; pero se dio cuenta de que esos ojos ya habían desaparecido. Cubiertos por sus párpados. No había más que decir. No soltó el pájaro.

El muchacho se sentía engañado, con su tiro magistral. Mattis había estropeado su alegría. Sin embargo, no estaba ciego. Estaba lleno de juventud, fuerza y alegría de vivir, pero el Simplón enmudecido lo asustaba.

Preguntó en otro tono:

—¿Qué pasa, Mattis?

Mudo.

El muchacho preguntó casi desvalido:

—¿Estás dolido conmigo por esto?

Mudo como antes.

Mattis se retorcía desorientado. Debería haber dicho algo. Haber dicho no o algo. Bajó la mirada, la hierba donde el pájaro había caído desplomado estaba teñida de sangre. Aún le caían algunas gotas de sangre del pico. Entonces Mattis alzó de nuevo la cabeza y miró al muchacho sin decir palabra.

El muchacho ya no trataba de entablar conversación alguna. Tampoco le quitó el pájaro a Mattis a la fuerza; a pesar de lo fuertes que eran sus brazos. Se ajustó la escopeta y fue perdiéndose lentamente de vista; se había topado con algo que no comprendía y que jamás olvidaría.

Mattis permaneció inmóvil con la becada. La sangre goteaba desde su largo pico y caía sobre la hierba.

Cuando se quedó solo, Mattis recuperó el habla, y masculló a media voz:

—Cerrados.

»Nada más.

»Plomo en las alas.

Del muchacho y sus cosas apenas se percató. No tenía noción de haber hecho algo malo por no haberle entregado el pájaro. Se dirigió a los escalones y entró en la cabaña arrastrando los pies. Allí depositó la becada sobre la mesa.

No estaba atrapado en una pesadilla. Aquello era verdadero y real.

La becada yacía con los ojos cubiertos y con los pesados perdigones de plomo ocultos dentro de ella.

Lo había mirado cuando la recogió, eso era indiscutible.

Sin detenerse a pensar en la frecuencia con la que recibía una respuesta hosca cuando entraba a deshoras, llamó a la puerta del cuarto con estruendo. Hege debía de haberse dormido hacía un buen rato.

—¡Tienes que levantarte, Hege! ¡Tienes que levantarte! —gritó con una voz irreconocible.

Hege estaba despierta; contestó de inmediato, reacia y harta de él: No.

—Tienes que venir, Hege. Porque ¡ha ocurrido algo horrible!

—¡¿Con quién?!

No fue capaz de decirlo.

—Ya lo verás.

Su tono de voz la hizo responder de inmediato:

—Ya voy, ¿qué es lo que pasa?

Venía directa de la cama, estaba desaliñada y pensando en sus propias cosas, alarmada por aquello que tanto había alterado a Mattis. No vio nada, pero entonces Mattis señaló la mesa donde yacía el pájaro.

—¿Ves eso?

—¡Uf! ¿Qué hace eso ahí sobre la mesa, ensuciando? —dijo antes que nada, en su viejo tono de riña, al ver las gotas de sangre sobre la superficie de la mesa. Pero se controló enseguida al percatarse del semblante de Mattis. Se acercó.

No ignoraba totalmente la vida en el bosque, así que supo de qué tipo de pájaro se trataba.

—¿Es tu becada?

Mattis asintió con gesto rígido.

—Sí, escuché el estallido de un disparo en alguna parte —le contó Hege—. ¿Te *dio* la becada? ¿El cazador?

—No, no fue así como ocurrió —dijo Mattis—. ¡No es que fuera su pájaro solo por haberle disparado!

—¿Tú la recogiste?

—Él me dejó hacerlo. ¿Acaso el pájaro es suyo? ¿Puedes *entender* esto, Hege?

Hege no le contestó, tenía sus motivos. Ambos estaban mirando al pájaro sobre la mesa. El enigma le parecía demasiado oscuro a Mattis. Y cada vez se tornaba más oscuro.

—¿No lo puedes entender?

—No —dijo Hege.

—No, entonces no eres diferente —dijo Mattis amargamente—. Cuando las cosas van en serio, siempre es así.

Mattis estaba fatal, y Hege debía hacer algo:

—A menudo caen abatidos por sí mismos también, los pájaros, ¿sabes? Tanto si les disparan como si no, quiero decir.

Mattis negó con la cabeza.

—Pueden llegar a muy viejos, los pájaros, he oído. Y además me miró.

—¿Quién?

—Pues el pájaro. En el momento en que lo recogí.

—¿Estaba vivo?

—Eso no lo sé, pero mirarme, me miró.

—Ya, ahora no hay que pensar en eso —dijo Hege—. Si no estaba vivo, entonces tampoco te miró. No significa nada.

Mattis solo dijo:

—Después cerró los párpados.

Para acabar con esto, Hege dijo con determinación:

—Ahora ya no pienses más en eso. Saca al pájaro, no quiero tenerlo en la mesa. Y no lo vamos a usar.

Mattis se estremeció.

—No, usarlo a este…

—Sal y colócalo bajo una piedra grande, Mattis.

—¿Bajo una piedra grande? ¿Y eso por qué?

—Para que nadie se lo lleve.

—Eso es cierto —dijo agradecido.

—Y regresas de inmediato y te acuestas. Estas cosas no tienen remedio, lo sabes bien. Hay que tomar las cosas como vienen.

—Sí, pero…

—No hay peros que valgan, Mattis. Así son las cosas.

—Eso podría haberlo dicho yo mismo —dijo Mattis—. ¿Para qué me molesto en preguntarte?

Hege entró de nuevo en su alcoba. Tiritaba un poco, pues iba muy desabrigada. Mattis se llevó la becada afuera e hizo tal y como Hege le había aconsejado.

17

Tras completar aquella difícil tarea, Mattis estaba sudado y agotado. En honor al pájaro, y por su seguridad, había arrastrado una piedra demasiado pesada encima. Parecía ser un enorme bloque de piedra, y aquello había consumido todas sus fuerzas. Ya era medianoche.

Más tarde se sentó a descansar en la propia piedra. Repentinamente pensó:

—Si hubiera sido Hege…

Una gélida brisa le recorrió en la sosegada noche de junio. Tenía miedo de sus pensamientos, se veía a sí mismo estando solo en ese lugar… mientras Hege y el pájaro yacían cada uno bajo una piedra pesada.

Y los párpados han bajado sobre los ojos.

Y los ríos han dejado de correr.

Murmuró esto, sin la alegría que solía acompañarle. Miró desasosegado hacia el prado, la hierba y la vida adormecida. Él mismo se sentía helado. En cualquier caso, debía entrar con Hege. No apartarse de ella esta noche, después de todo esto.

De nuevo llamó a su puerta.

—Tengo que entrar y estar contigo, Hege —dijo junto al vano de la puerta de su alcoba. Vislumbraba vagamente a su hermana en el interior, junto a la pared bajo el espejo.

—Bueno, entra —dijo ella. Sorprendentemente anuente.

Por lo tanto, tampoco dormía. Cuando él entró, preguntó amistosa:

—¿Has hecho lo que te he dicho?

—Sí, pero…

—¿Ha pasado algo más? —preguntó de inmediato.

El hecho de que fuese amable casi lo empeoraba todo, pues debería haberlo reñido por el jaleo.

—Sí, *hay* algo más, pero no puedo decírtelo. Por eso tienes que dejar que me quede aquí esta noche.

—No hay nada que temer —dijo Hege totalmente al azar.

—¿Temer? ¿Qué es lo que no debo temer?

—No, no sé, simplemente me pareció que tenías miedo. Debes olvidarte del pájaro.

—¡No! —exclamó él—, pero también estoy hablando de otra cosa.

—Ven a acostarte, anda. Estoy segura de que te estás cayendo de sueño.

Él fue. Se acostó junto a Hege. Olía a mujer, aunque fuese su hermana. Tenía los pensamientos desbordados.

Hege le preguntó:

—¿Te has quitado las botas?

—Sí.

»Ha sido horrible lo del pájaro —dijo de nuevo.

—Ahora yace bajo la piedra —repuso su hermana, para consolarlo.

Era una expresión extraña.

—¿Por qué lo dices así?

Su mano le acarició la mejilla un par de veces como respuesta. Bien. Así todo parecía mucho más lejano.

—Ahora duerme, Mattis.

—Eso ha sido casi como el ala de un pájaro —dijo refiriéndose a su breve caricia.

Hege contestó apacible:

—Sí, aquí estamos… tal y como hemos estado antes. No tengas miedo.

Estuvo a punto de contarle el motivo por el que estaba acostado allí; pero pensó: Si te lo digo, Hege, no vas a dormir en toda la noche.

—¿Qué es lo que quieres contarme? —preguntó ella, pues le conocía bien. Él dio un respingo.

—¡Nada!

—Bueno, pues algún día me lo contarás entonces —dijo Hege—, ahora debemos quedarnos en silencio y dormir.

Él anhelaba cogerle de la mano, pero anheló en vano.

Pero el ojo negro.

Con el párpado cubriéndolo.

Y con una gran piedra pesada encima.

De nada servían ni el párpado ni la piedra sobre un ojo así…, una vez que lo ha mirado a uno.

—Hege.

Lo dijo cauteloso. Ella no contestó, realmente parecía dormir; su cercanía le había traído la calma.

II

18

Los prados de tréboles estaban tan cerca que el aroma llegaba en oleadas a través del bosquecillo cuando el viento soplaba en la dirección adecuada. Ahora era pleno verano.

De alguna incómoda manera, Mattis se había convertido en el personaje principal de la casa. ¿No podía ser ayudante de segador? Pesaba sobre él una demanda en ese sentido, noche y día. Un hombre adulto sin trabajo en plena temporada de siega… ¿acaso anda ocioso sin nada que hacer?

En la cabaña no se decía ni una sola palabra sobre la siega, pero en esta temporada era de esperar la llamada de alguien, para que Mattis se incorporase al trabajo estacional. Por eso era el protagonista. Cuando se era tan inseguro como él, esto resultaba bueno y doloroso a la vez.

Podían escuchar cómo las máquinas segadoras empezaban a vibrar muy temprano por la mañana, o bien hasta muy entrada la tarde. Mattis carraspeaba; a eso tenía derecho ahora, pues le atañía a él. Quizá apareciese por aquí algún hombre.

No.

Así que seguían sentados en calma.

Es decir, Hege trabajaba a la velocidad del rayo, como antes. Las chaquetas de punto iban tomando forma.

Pero ese día no hubo ninguna llamada. De vez en cuando Mattis carraspeaba, como para expresar que él seguía esperando. Al día siguiente tampoco llamó nadie.

Bueno, en el fondo eso lo sabían de antemano. Todos tenían claras las aptitudes del Simplón. Hege y Mattis lo sabían, pero cuando aparecían las máquinas segadoras y toda la gente se dedicaba sudorosa a la cosecha, era imposible evitar esperar una llamada.

—Ahora logran hacerlo todo con tanta rapidez... —dijo Mattis poniendo excusas—. Usan máquinas.

Aunque Mattis intentó hablar tranquilamente, estaba agitado. Le afectaba ser el protagonista. Poco antes de acostarse, dijo:

—Pero ahora la becada yace bajo la piedra...

Hege se detuvo, reacia.

—¿Y qué?

—Nada, solo eso. La becada yace ahora bajo la piedra, haga lo que haga.

—Estás diciendo disparates —respondió Hege cortante, alejándose de él. Al alcanzar la puerta de su cuarto se arrepintió de la dureza de sus palabras.

—No quise decir eso —dijo.

Él se sorprendió. Hacía falta mucho para que Hege retirase algo que había dicho en ese tono. Pero entonces tuvo ocasión de decirle, con ligereza:

—Bueno, eres tú la que no entiende.

Ella lo dejó estar.

No se habría arriesgado a decirle algo así en la primavera. Seguramente se había asombrado, pero lo dejó pasar sin un comentario.

Por la mañana, Mattis se dio una vuelta por los campos de siega, húmedos de rocío. No por obstinación o por exhibirse. No tenía ninguna razón en particular; más bien era el alboroto del trabajo lo que le atraía. Las máquinas segadoras chirriando. El heno caía, los almiares crecían, los jóvenes y los adultos estaban ocupados. Todos parecían fuertes y hábiles. Se detenía sin pensarlo, cuando veía algo hermoso.

Entonces se encontró con un hombre que cruzaba la carretera con una carga de varas de heno y no logró esquivarlo.

—¿Dando un paseo? —tuvo que decirle a Mattis.

Mattis miró expectante al hombre, y el hombre se sintió en la necesidad de añadir:

—Si nos dedicamos a los almiares un día, ¿quizá podrías venir con nosotros a recogerlos? Una mañana, cuando se seque bien el heno.

—Sí —dijo Mattis contento—, he recogido almiares antes.

El hombre pareció haber aliviado su conciencia, y se alejó a zancadas.

Una vez en casa, Hege dijo que esto equivalía a no hacer nada. Pero Mattis pensó que se había librado de la exigencia que se había cernido sobre él durante casi quince días; ahora le tocaba a Hege ser la protagonista.

Ahora es de noche.

¿Qué puede hacer uno cuando todos a su alrededor son fuertes y sabios?

Jamás lo sabré.

¿Pero qué se puede hacer entonces? Uno debe hacer algo también en ese caso. Siempre.

Sobre esta casa pasa un trazo. El pájaro ha sido abatido y ha cerrado los ojos, y yace bajo una piedra…, sin embargo, el trazo sigue ahí.

¿Qué puede hacer uno?

¿Qué puede hacer uno con Hege? Algo le pasa.

Jamás lo sabré.
Pero ahora hay un susurro ahí afuera, susurre o no.

19

Un día a finales de julio Mattis salió a pescar. Al menos había salido a remar en su bote. Estas últimas semanas no habían sido nada agradables. Bueno, salvo el día de recoger almiares, que realmente había llegado, aunque solo fuese un día.

Hoy Hege lo había mandado al lago.

Estaba sentado en el bote, pero con la mirada muy ausente. El lago se extendía reluciente, vasto y cálido. Mattis remó lago adentro, alcanzando las cercanías de un pequeño islote de piedra. A lo lejos ronroneaba un motor, o dos; por lo demás, el lugar estaba vacío. En tierra podía divisar las granjas que conocía, y más allá muchas que no conocía, a lo largo de la orilla.

Sus pertrechos de pesca eran bazofia. El estado del bote era aún peor, pues hacía aguas. Mattis permaneció absorto en sus pensamientos hasta que el agua comenzó a colarse dentro de sus zapatos. Entonces dio un respingo y se puso a achicar. Inmediatamente después volvió a hundirse en sus pensamientos. La caña de pescar colgaba firmemente amarrada a popa, y el sedal pendía lánguido e inútil. El abrasador sol de julio ascendía desde las profundidades; uno quedaba como entre dos soles mientras permanecía aquí sentado. A nadie que no fuera Mattis se le habría ocurrido ir a pescar hoy, con el lago quieto como un estanque.

Pero por eso…

Uno atrapa un pez cuando menos se lo espera, pensó Mattis. Así que esta vez el tonto no soy yo.

Pensó en una conversación que había tenido con Hege justo antes de salir con el bote:

—Crees que se burlan de ti, cuando no lo hacen en absoluto.

Sí, eso había dicho Hege. Le vino a la mente ahora, al ver todas las granjas. Trató de pensar en gente que francamente quisiese hacerle daño y que se burlase de él. Pero, salvo en el caso de algunos niños molestos, no logró señalar a nadie. Utilizaban apodos para referirse a él a sus espaldas, pero eso hacía la gente. Era algo que lo desconcertaba.

Gluglú, sonó el agua, colándose dentro de sus zapatos. Debía volcarse de lleno en achicar.

No he de seguir pensando hasta yacer ahí abajo, se dijo mientras achicaba de tal modo que el caudal sobrepasaba la borda. Si lo único que hago es pensar, el bote estará pronto anegado, y entonces me ahogaré. Pensar es mejor que lo haga en tierra firme.

Pero pronto estaba pensando de nuevo, los pensamientos aparecían por sí solos. Los peces tampoco mordían el anzuelo. Tenía tiempo de sobra.

Rememoró sus días y tiempos pasados. Estaban envueltos en una especie de neblina. Durante su infancia, su padre habían sido el sostén en la casa. Su padre era como Hege: menudo e incansable. También era avispado. Todos eran avispados, excepto él. Desde que tenía memoria, todo había sido esfuerzos y dificultades cuando se trataba de que él trabajase en algo. Su padre se había rendido. Su madre le miraba como si nunca perdiese la esperanza de que se produjese algún cambio. Más tarde, su madre murió, antes de que él se hiciese adulto. Apenas unos años más tarde murió su padre en un accidente de trabajo, que evocaba con terror cada vez que sus recuerdos comenzaban a merodear en torno a eso.

Y entonces solo quedaron Hege y él. La situación, tal y como era ahora, ya había durado muchos años. No tenía ni idea de cuándo fue la primera vez que le llamaron el Simplón..., pero aquello fue un duro punto de inflexión para él.

Miró ahora hacia las orillas, y se dijo a sí mismo que nadie le deseaba ningún mal. Le agradeció a Hege sus palabras, y trató de encajarlas.

Comenzó a achicar de nuevo. El agua persistía silenciosa, queriendo ahogarlo.

¡Quiero vivir, no quiero ahogarme!

Vaya, si por lo menos pudiese capturar un pez enorme. Volver a casa, con Hege, con un pescado bien grande.

Los peces descansaban en el fondo arenoso como delicadas y pequeñas sombras sobre las que él estaba meciéndose. Permanecían allí ociosos, igual que Mattis. Pero alerta, como si algo los amenazase. Si Mattis movía una mano, los peces salían disparados hacia las oscuras profundidades cercanas. Ninguno mordía el anzuelo. Los peces eran sabios. Sabiduría había donde quiera que uno fuese.

Y luego está Hege, le vino de pronto.

Algo le pasa.

No había pensado en agobiarse con eso aquí afuera, pero no podía evitarlo: la noche anterior había sido desagradable, en cuanto a Hege. Por eso lo había mandado al lago al amanecer.

Se había despertado en torno a medianoche, y escuchado algo que no le había gustado. Venía del cuarto, así que Mattis fue de puntillas hasta allí y echó un vistazo dentro. Atisbó que Hege yacía con el rostro vuelto hacia la pared. Había encendido la luz, pero aun así ella no se movió.

El sentimiento de culpa se había apoderado de él; porque desde luego, cuando Hege estaba abatida, era por su culpa.

—¿Es otra vez por mí? —había preguntado cauteloso junto a la puerta.

Ella había contestado sin darse la vuelta:

—¡No, no es por ti!

—¿Entonces por quién?

—Por nadie —había dicho ella—, no sé por qué existo.

Ella se había girado y le había lanzado una mirada feroz en el mismo instante. Esto era peor de lo que se había esperado, se asomaba a embrollos de los que no entendía ni pizca. Hege continuó:

—¡No saco *nada* de todo esto! Y ahora vete a estar solo, Mattis.

Como siempre, era como si estuviese frente a un telón oscuro. Hege lo estaba pasando mal; él cayó en la cuenta de algo: Hege le daba de comer todos los días, ella lo mantenía con sus labores de punto.

La sacudió.

—Hege, ¡tú tienes tu labor! —había dicho.

Ella simplemente se dio la vuelta.

—¿Mi labor? Déjalo ya; no sabes de lo que hablas.

Entonces tuvo que sacar a colación el otro tema, que al principio había pensado evitar, pues le daba vergüenza.

—Hege, tú me das de comer, siempre —había dicho.

Ella no había contestado ni pío.

—Tú me mantienes con vida —había continuado—. ¿Eso no es nada? Eso es importante, ¿no?

No era exactamente eso lo que había querido decir, pero lo dijo tal como le pasó por la cabeza.

Ella quiso asentir que así era, y al hacerlo se golpeó la frente contra la pared, produciendo un pequeño sonido sordo.

—Yo pienso que eso es importante —había dicho él en su desconcierto—, para mí lo es, vamos.

—Por supuesto. Para mí también, Mattis.

Pero no estaba satisfecha. Permanecía tumbada vuelta hacia la pared, sin querer mostrar su rostro.

—No te metas más en esto, Mattis, son asuntos míos. Ya se me pasará.

—Date la vuelta, anda —le había rogado él.

—No —había contestado ella rotunda. No pudo ver su rostro aquella vez.

Se quedó ahí, con los brazos colgando. ¿Qué debía decirle? Ella no sabía por qué existía. Ella, que era tan avispada. Se había retirado casi silenciosamente, viendo que no podía consolarla. Este último año ella se ha puesto así. ¿Qué le pasa?

A la mañana siguiente, al desayuno, ella ya se había recuperado, pero le había preguntado si no podría salir él a pescar. Él había contestado que sí sin más, y se había preparado.

¿Qué estará haciendo ahora allí, en casa?

¿Nadie debe verla?

Permanecía sentado en el bote, cavilando.

20

Gluglú, se escuchó abajo, en el fondo del bote, y ahora con fuerza. Mattis se despertó de su ensimismamiento con un sobresalto: ¡el agua le llegaba hasta las pantorrillas! Debía de haber dañado el bote podrido en alguna otra parte, con todo el pisoteo de hoy…, ya que el agua de repente entraba con mucha más rapidez que antes.

Era cierto que había estado pensando durante demasiado tiempo. No había notado que el agua ascendía cubriéndole los pies; tibia como estaba a causa del verano, no la había sentido mientras ocupaba su mente con otras cosas.

Pero el agua era mortalmente peligrosa cuando uno no sabía nadar. Estaba a punto de hundirse, así de simple.

—¡No quiero! —exclamó con ojos exorbitados, y comenzó a achicar a toda prisa. De pie, sumergido profundamente en el agua, sacándola por la borda con medio achicador.

Ni siquiera he cumplido los cuarenta aún, pensó, es demasiado pronto.

Pero resultaba inútil seguir achicando, mientras le empapaba un sudor frío. Parecía como si el agua se incrementase, en vez de disminuir. Prorrumpió en un grito:

—¡Socorro, me hundo!

»¡Que venga alguien!

»¡Ey! ¡Rápido, alguien!

De poco le sirvió, tan adentro como estaba en el lago desierto; su grito no llegó a ninguna parte. En las lejanas aldeas envueltas en la neblina, nadie lo oía. Por más que achicaba, el bote parecía llenarse aún más.

Ahora iba más deprisa.

Bajo el agua aparecieron un par de ojos, mirándolo directamente.

—¡No! —gritó.

Sus propios ojos estaban paralizados, y estos otros les devolvían la mirada. Nada más que un par de ojos.

Pero él no quería.

—¡No quiero! —gritó hasta quedarse lívido.

En medio del pánico, por fin divisó el desnudo islote. Hasta allí no era un trecho tan largo. Si tan solo pudiese alcanzarlo, estaría a salvo.

Las cosas comenzaron a cuadrar y ordenarse con verdadera presteza en su cabeza. Soltó el achicador, se abalanzó sobre la bancada y comenzó a maniobrar con los remos.

A pesar de que el bote nunca había pesado tanto, logró ponerse en movimiento. Mattis tiraba de los remos tanto como podía, más de lo que se creía capaz. No pensó en si tenía fuerzas o no; tenía que alejarse de los ojos que habían aparecido en la superficie del agua.

—¡Hege! —gritó frenético.

Ella estaba muy lejos como para poder oírlo, pero aun así debía gritar su nombre. Siempre había tenido que encomendarse a Hege.

Mientras tanto, el bote iba desplazándose lentamente hacia el islote. El agua seguía colándose a bordo, la línea de flotación iba ascendiendo y el agua penetraba entonces por nuevas grietas. La caña de pescar se mecía aún más olvidada que antes.

Ahora ya no gritaba, se había percatado de que ¡por supuesto iba a lograrlo! Enseguida estaré allí. Forcejeaba con los remos con la certeza perlándole la frente. Realmente lo alcanzó; cuando menos se lo esperaba el islote redentor apareció justo a sus espaldas.

El bote rozó el fondo y quedó quieto, con la proa en tierra. Mattis se bajó sin aliento y se arrojó directamente a tierra, alzando las manos para enjugarse el sudor.

Había estado cerca.

Pero se había salvado.

Estaba colmado de un gran agradecimiento.

El islote era un pequeño peñasco, con algunas matas de hierba creciendo en las hendiduras. Así que había donde sentarse. Mattis reparó en que debía intentar salvar el bote. Primero debía intentar achicar el agua por completo, pero tuvo que renunciar a la idea: él solo no sería capaz de arrastrar por completo el bote a tierra, no tanto como era necesario. El bote se llenaba cada vez más, y era como si se asentase pesadamente, tan carcomido como estaba. Había poca profundidad, por lo que no se hundió por completo, sino que simplemente quedó inmóvil. Mattis se sentó en tierra, con el cabo de la soga en la mano.

Ahora lo único que podía hacer era sentarse. Moverse de aquí no era posible antes de que apareciese otro bote. Mattis aferró el cabo con firmeza. No había donde amarrar el bote. En cualquier caso, el bote descansaba apoyado en esta calma, pero Mattis no se atrevía a soltarlo, pues podría levantarse viento y llevarse los restos del naufragio, y eso no debía ocurrir; inmerso en su alegría, Mattis se prometió que el bote volvería a ser utilizable.

Era maravilloso poder relajarse, y ponerse a cavilar un poco. *Eso* aún no corría prisa. El sol le abrasaba, y aquello era algo que resultaba agradable, teniendo uno la ropa empapada; al final acabó tan acalorado que no atinó a quitarse la ropa. Aún no se preocupaba por el viaje de regreso a casa; había salvado la vida, lo demás ya se vería.

—Sí, ¡si no hubiese hecho *eso*, en las que me habría visto! —dijo en voz alta y al aire, en el islote. Aquí uno podía hablar con uno mismo tanto como quisiese.

Se sentía débil y somnoliento tras la tensión y el esfuerzo realizado… y bajo el bendito sol ardiente. Para regresar a tierra ya encontraría alguna solución. Tarde o temprano pasaría alguien por aquí y lo vería. Tampoco es que tuviese hambre, solo estaba somnoliento. Podía dormir hasta que apareciese alguien.

Sin embargo, le daba miedo dormirse, por el cabo de la soga. Aquella cuerda era lo que le ataba a todo lo que le gustaba. Cuando sintió que el sueño se apoderaba de él, amarró el bote a lo único que había: él mismo. Enrolló la soga alrededor de uno de sus tobillos y la anudó con firmeza. El bote estaba bien asentado en el fondo, pero nadie podía saber por cuánto tiempo.

—Si yo te cuido, tú me cuidas —le dijo al bote. Enseguida todo fue desvaneciéndose a su alrededor.

21

Mattis no soñó nada esta vez. Al despertar, no supo cuánto tiempo había perdido dormido, pues no era consciente de tales cosas; lo despertaron unas voces muy cerca suyo.

Voces de muchachas:

—¡Venga, tira! ¡Dale!

Al mismo tiempo la soga se tensó en torno a su pantorrilla, y fue arrastrado hacia el borde del agua de un fuerte tirón.

¿Pero qué diablos?

—¡No! —gritó al azar, asustado; se incorporó, sentándose, y frotándose los ojos para espabilarse. Se frotó tan concienzudamente que el sueño se le quitó por completo.

—¡Otra vez! —oyó gritar.

—Sí. ¡Tira! ¡Dale!

Un tirón más hacia el agua. Él se resistió:

—¡Basta!

Entonces entendió que era una broma.

Sonó una risa alegre junto a él. Le vinieron a la mente unos buenos garbanzos. Una voz de muchacha dijo:

—Tienes que levantarte, hombre, de lo contrario, vas al agua.

Otra voz de muchacha replicó:

—¿No sería buena idea achicar su bote? Está varado en el fondo.

Mattis sacudió la cabeza para deshacerse de la sospecha de que deliraba. Después golpeó con fuerza la mano izquierda contra el peñasco; le dolió tanto que tuvo que desistir. Entonces, con el corazón palpitante y pesado en un puño, se percató: no estaba soñando y, sin embargo, estaba con unas muchachas risueñas.

—¿Te desatamos del bote? —preguntaron entre risas—, esto se ve muy ridículo.

—Sí, supongo que sí —contestó sin más, aún tratando de despejar la mente.

—Tampoco es nada extraño o novedoso —dijo, espabilándose aún más. Abriendo todavía más los ojos.

Ellas no prestaron atención a sus palabras. No entendían a qué se refería. Una de ellas se agachó sobre él y desató el nudo en torno a su tobillo. Mattis la miró tímido, sintiendo que sus manos tocaban su pie desnudo…, apenas podía creer lo que estaba sucediendo. Al fin comprendió lo que estaba viendo: el bote en el que las muchachas habían venido era elegante y estaba recién barnizado, atracado junto a su propia embarcación hundida, y aquí estaban dos alegres muchachas jóvenes, con sus veraniegos cuerpos bronceados. En el bote había varias chaquetas cortavientos desteñidas, o lo que fueran; las muchachas solo llevaban puesta la ropa de baño, listas para lanzarse de cabeza al agua.

Mattis las contempló brevemente. Ahora se trataba de no cometer ningún error. Si echaba esto a perder, no volvería a sentirse persona en mucho tiempo.

—Esto es casi como un sueño y un deseo hecho realidad —dijo para empezar, con la mirada absorta en las remotas orillas. A *estas* muchachas no debía mirarlas embobado—.

Y mira que no son pocas las veces que he soñado —concluyó inesperadamente.

Las muchachas lo miraron extrañadas.

—¿Eh?

—Sí, pero no me preguntéis más al respecto —dijo él—. Nunca se lo he contado a nadie.

—Bueno —dijo una de las muchachas—, nosotras también soñamos, así que sabemos lo que pueden llegar a ser los sueños.

Lo miraron amistosamente.

También son avispadas, pensó.

—¡Pero he visto a muchas como vosotras! —dijo, una vez más inesperadamente. Debía armarse de valor ante ellas—. ¡La carretera está llena de gente como vosotras en verano! —continuó—, y en la tienda y en todas partes. No creáis…

Se detuvo. Tan solo las observó obstinado. Le parecía que si las miraba así, de forma obstinada y brava, podía hacerlo.

Ellas sonrieron igual de alegres.

—Sí, eso ya lo sabemos —dijeron—. Ni se nos ha llegado a pasar por la cabeza que un tipo como tú fuese un don nadie.

Mattis las miró un instante, profundamente agradecido de que no supiesen nada sobre él. También estaba asombrado de cómo se había soltado. Se lo había dicho sin más, mirándolas directamente a los ojos.

Pero ahora de nuevo miró a un lado y preguntó con cuidado, y en otro tono:

—¿Y de dónde diablos habéis salido?

Ellas señalaron hacia abajo con un gesto sencillo, hacia las azuladas riberas, donde Mattis era un desconocido.

—Llevamos dos semanas allí abajo. Hoy íbamos a dar un largo paseo en barca, con el buen tiempo que hace —dijo una de ellas.

—Entonces decidimos venir a este islote para bañarnos —dijo la otra, guiñándole un ojo—, pero cuando nos acercamos, vimos algo extraño.

No debes hacerlo, decía una voz en su interior cada vez que quería girarse hacia ellas. Seguía mirando firmemente hacia las orillas distantes. Mientras ellas continuaban con su relato.

—Al principio creímos que había ocurrido un accidente, pero cuando nos acercamos más, se nos pasó el susto.

—Sí, habría sido un accidente muy curioso —dijo Mattis, casi interrumpiendo a la muchacha; se sentía tan feliz que incluso le hacía daño.

—Hombre, algo habrá tenido que ocurrir —dijo una de las muchachas—, porque parece como si hubieses llegado al islote por los pelos.

Mattis resopló.

—No importa, ahora que *vosotras* habéis aparecido —añadió de todo corazón.

—Eso estuvo bien dicho —respondieron ellas.

Y esas palabras bien las iba a atesorar. Ellas pensaban que lo que había dicho estaba bien. Que era avispado, quizá.

—¿Me habéis visto antes? —preguntó, estremeciéndose por dentro, aunque tenía que preguntarlo—. Quiero decir, ¿por la carretera o en la tienda, o en cualquier otra parte del mundo?

Negaron con la cabeza. Fue algo magnífico de ver.

—Vivimos muy lejos de aquí, ¿sabes?, así que no conocemos a nadie de la zona.

—¿Tampoco habéis oído hablar de mí?

—¿Cómo íbamos a haberlo hecho, si no sabemos quién eres?

Como hojas de afeitar, pensó. Así dicen algunos las cosas.

Porque, aun cuando miraba hacia las orillas, podía adivinar un atisbo de las muchachas, así de reojo. Las vio negar con la cabeza sin que ellas se diesen cuenta. Estupendo.

—Me alegra escucharlo—dijo, sin ser capaz de expresar la infinita alegría que aquello le causaba.

Las muchachas lo convirtieron en un juego:

—¿Tan mala reputación tienes?

¡Bah! Por él podían bromear así tanto como quisieran. No obstante, lo que él había preguntado era, en ese momento, una cuestión de vida o muerte.

—¿Qué es lo que estás mirando todo el tiempo en el lago? —le preguntaron.

Respondió con presteza:

—A nadie. No veo nada.

—Algo debes ver.

—No es por eso —les dijo seriamente—, pero siento una gran tentación.

Todas las sonrisas parecieron ahogarse, y también las miradas, pues las muchachas quedaron inmóviles..., pues así estaba Mattis ahora. Una dijo con cautela:

—¿No te atreves a mirarnos?

—Me siento muy tentado a hacerlo —contestó en voz baja y sin moverse.

La muchacha se detuvo. El corazón de Mattis estaba desnudo e indefenso. Las dos amigas se miraron sin entender nada. Su tono, su gesto y su mirada ahuyentaron las sonrisas como si fuesen humo. Las chicas estaban confusas e incómodas.

—También podemos coger los remos y marcharnos —dijo una de ellas, incómoda—, podemos remar a tierra y buscar a alguien para que te ayude con el bote.

—¡No, no! —interpuso él, deteniéndolas.

La otra muchacha encontró una salida:

—¿Nos vamos al agua, Anna? Tal y como pensábamos hacer. Ahora es cuando mejor se está aquí.

—Claro que sí —contestó la que se llamaba Anna, algo aliviada—. Eso va a estar muy bien.

—¡Hasta luego! —le dijeron a Mattis por encima del hombro.

Y con eso se zambulleron de cabeza en el agua estival. Nadaron, libres como peces, alejándose en círculos. Mattis las observó sin tapujos.

Tienen que volver aquí, pensó vibrando de alegría. Tienen que venir a buscar su bote. Tienen que salir del agua.

—Casi ni me atrevo a pensar —dijo a media voz mientras las miraba alejarse dando vueltas. Parloteaban en la lejanía. Pronto se detuvieron y le saludaron con la mano.

—¡Hola!

Mattis no se movió. Pero se apresuró a levantar una mano con rigidez y, acto seguido, la bajó tímidamente.

Ahora se acercaban salpicando hacia donde estaba, confiadas y alegres otra vez.

—¡Tienes que dejar que te salvemos la vida y te devolvamos a tierra firme! —le gritaron, chapoteando y salpicando, o alzando los dedos de los pies en el aire.

—¡Queda lejos! —les gritó a distancia, veloz como un disparo, asustado. Al mismo tiempo, sus palabras le hicieron enardecerse de nuevo.

—Tenemos todo el día por delante —contestaron burbujeando y gorgoteando con bocas rojas—. Si nos dices cómo te llamas, te llevaremos remando a tierra, y te ayudaremos a desembarcar con tanto cuidado como si fueses de cristal.

Negó con la cabeza. Pero ellas no se rendían. Ahora se sentían a gusto, nadando en torno al islote, mientras iban contándole detalles sobre sí mismas.

—Yo me llamo Anna, y ella es Inger. Tal cual, así es. Ahora te toca a ti.

Él negó con la cabeza.

—¡No! ¡Ya he dicho que no!

—Ah, no, entonces te vas a quedar ahí sentado hasta que te arrugues como una pasa, por cabezota —dijeron ellas chapoteando.

—¡No sabéis nada! —les gritó—. ¡Podéis dejarlo estar! No es necesario que digáis esas cosas.

Ya no lo entendían, se giraron apartándose de él, zambulléndose, sumergiéndose y retozando.

Que no se alejen de mí, pensó. ¡No deben! Esto solo ocurre una vez en la vida. Entonces agachó la cabeza y retiró lo dicho: es mejor que se vayan, tal y como están las cosas ahora. Todavía no saben nada de mí.

Salieron jadeando del agua, se sacudieron el cabello hacia atrás, bajaron al bote en busca de toallas, se secaron y se tumbaron a tomar el sol al lado de donde Mattis estaba sentado; el islote no era muy grande, por lo que tampoco les quedaba otra.

—Tienes que disculparnos —dijo Inger—, pero este islote no es lugar para esconderse de la gente, y además hay piedrecitas por todas partes, menos aquí. Así que tendrás que aguantarnos.

Acto seguido ambas muchachas cerraron los ojos. El sol brillaba sobre ellas. Mattis inhalaba su fragancia.

Dentro de Mattis se estaba desatando una tormenta en aquel momento. No podía moverse. No podía bajar corriendo a su bote, pues estaba encallado, lleno de agua. Con desesperación, buscaba con la mirada otra embarcación a la que pudiese hacer señales. No había ninguna.

¡Gracias a Dios!, dijo una voz en su fuero interno.

En medio de su desconcierto, sabía que no debía perderse aquello por nada. Ellas no sabían quién era, podía quedarse aquí sentado y ser otro tipo de hombre. Y con esa justificación se dejó llevar por la tentación y las miró sin tapujos, mientras dormitaban.

¿Qué era esto?

Simplemente extraño. Increíble.

Tampoco puede durar.

Sentir esta fragancia que siempre he conocido.

Poder ver esto.

Pronto se sobresaltó: vio cómo el ojo entreabierto de Anna descansaba sobre él, observándolo de reojo. Él mismo retiró la mirada, como si se hubiese quemado.

Jamás me he encontrado ante una tentación semejante. ¿Qué diría Hege?

La tormenta continuaba arrasándolo por dentro, como antes. Nadie se movía. Los cuerpos semidesnudos seguían desprendiendo su fragancia.

Así permaneció durante un rato, y entonces Mattis dijo sin dirigirse a nadie en particular, mientras un escalofrío le recorría la espalda:

—Per —dijo.

Anna abrió los ojos de par en par y se incorporó un poco, junto a él.

—¿Qué has dicho?

—Per.

Fue algo horrible, pero lo hizo, ya no aguantaba más.

Inger era más avispada que Anna, al parecer; se levantó y entendió de inmediato qué significaba lo que Mattis decía.

—Se llama Per, vaya. Al final lo ha dicho, ya que lo hemos amenazado tanto.

El rostro de Anna se iluminó con una sonrisa.

—¡Ah, ya veo! Bueno, pues encantada, Per. Qué gusto que finalmente lo hayas soltado.

Mattis asintió, asombrado de sí mismo.

—Sí, entonces te llevaremos a tierra, una promesa es una promesa, y lo prometido es deuda. Pero vamos a disfrutar del lugar un rato más, ¿o qué te parece, Per? —dijo Anna.

—Por supuesto —dijo Inger en su lugar. Resultaba terrible ver cómo Inger podía leerle la mente y adivinar sus deseos. Mattis se sentía ahora animado y por las nubes.

—Vaya, ahora Hege tendría que… —comenzó, y se detuvo abruptamente—. ¡Nada! —dijo.

Pero habían escuchado lo suficiente.

—¿Quién es Hege? ¿Tu novia?

—No, mi novia no…, es mi hermana. Pero no es así como… —Se detuvo como antes—. No es nada, ¿me oís? Uno se las apaña bien por casa, siempre que uno sea avispado, y así es mi hermana.

—De eso estoy segura —dijo Inger.

—Sí, si uno siempre fuese avispado —dijo Anna—, no tendría ningún problema.

—Claro, entonces uno se sentiría como una navaja recién afilada —dijo Mattis, jugando con palabras peligrosas.

—¡Uf, sí! —contestaron ambas al unísono.

Deberías tener cuidado, Mattis, parecía murmurar una advertencia de fondo. Era además un murmullo muy insistente; pero esta oportunidad no volvería a presentarse nunca. No debo comportarme así. Engañar a la gente. Eso ya lo sé. ¡Pero es solo por esta vez!

—Lo hecho, hecho está —dijo en voz alta, seriamente. Logró mantener el hilo de sus pensamientos.

Inger dijo paciente:

—Sí, esas también son palabras avispadas.

¿Era esto la felicidad? La felicidad le había llegado en un islote desnudo, sin previo aviso. No había hecho nada para obtenerla. Incluso decía cosas avispadas.

Ahí estaban recostadas las dos muchachas, y no le tenían el más mínimo miedo. Podría haberlas tocado con la mano, tan cerca como estaban. El sol las bronceaba para él, llevaba dos semanas dorando su piel.

Debía hacer algo. Y debía ser algo extraordinario.

—Anna e Inger —dijo en voz baja. Pronunció ambos nombres, por primera vez.

Ellas se incorporaron, apoyándose sobre los codos, ante la solemnidad de su voz y el brillo de sus ojos.

—¿Sí? Te estamos escuchando —dijeron expectantes.

Si alguien alguna vez había cargado de bondad sus nombres al pronunciarlos, tenía que ser en esta ocasión. Sin más, contestaron humildemente: «Sí, te estamos escuchando». Esta no era una situación normal y corriente.

Mattis era dueño absoluto del momento. Sentado, contemplando a aquellas mujeres jóvenes. Se sentía completamente embriagado, por lo que añadió con cautela:

—Solo quería decir eso.

Con esas palabras fue como si lo hubiese dicho todo. Las dos muchachas debieron pensar que él había dicho lo que ambas anhelaban escuchar en lo más profundo de su corazón. Él lo había expresado de una forma que resonaba con ellas.

—Per —repusieron ellas por su parte. Alzaron la vista hacia el rostro desvalido de Mattis, que de repente se había transformado. Había algo hermosísimo en él, a pesar de su aspecto miserable e imposible. Nadie se movió.

Aquello no podía durar. Mattis lo sabía. La tormenta que lo amenazaba desde las profundidades de su ser iba ganando terreno. Debía ser fuerte y soltarse.

—Anna e Inger —dijo en otro tono, que las inquietó.

—¿Qué pasa? —preguntó Anna, un poco asustada.

—Y ahora que estamos tan a gusto —dijo Inger—, ¿no podemos continuar así?

Anna echó un vistazo a su alrededor: el agua, las orillas, la neblina azulada, las colinas…, también atisbó su propio cuerpo fragante; y abruptamente se giró de lleno hacia Mattis.

—Si donde vives no es un paraíso, entonces no sé qué es —dijo, nerviosa ante la insistencia de su mirada.

—No es tan fácil vivir allí —se le escapó a Mattis.

—¿Qué quieres decir?

—¡Vosotras no sabéis nada! —dijo—. Estáis aquí sentadas y pensáis algo muy distinto de lo que *yo* pienso.

El disgusto se reflejó en sus rostros.

—¿Sobre qué?

—¿Notáis algo extraño en mí? —preguntó. No podía dejar de darle vueltas a aquello, sin descanso.

Anna dijo firme y contundente:

—¡No queremos saber nada más sobre ti de lo que ya sabemos, Per! ¡Así que no digas nada más!

E Inger añadió:

—Sí. ¡A callar!

Esto le cerró la boca, y no solo la boca: apagó incluso los murmullos que escuchaba de fondo. Ya no necesitaba hacerse el duro. Qué muchachas más maravillosas.

—Bueno, entonces, así de fácil —dijo—. Cuando uno se calla, nada se dice.

Pensó que esto debía ser una frase avispada.

Ellas asintieron también.

Entonces estallaron en carcajadas, liberadas de algo que había resultado bonito, enrevesado y difícil a la vez. Juguetearon con los dedos de los pies en el agua.

—Estamos realmente muy contentas de que estuvieras en este islote hoy —dijo Inger.

Mattis miró expectante a Anna.

—Lo mismo digo —observó Anna con rapidez.

—Lo mismo digo —dijo Mattis, como si no fuese nada.

—Y ahora hemos de ser amables y llevarte remando a casa —le dijeron poniéndose en pie, casi deslumbrándolo de nuevo.

22

Anna e Inger desencallaron su bote. Quedó balanceándose, estanco y en buenas condiciones, casi sin tocar el fondo; así de ligero era estando vacío.

—Vamos, Per.

—Sí, pero ¿y qué hacemos con mi bote? —dijo Mattis señalando el inundado naufragio que era su propia embarcación—. Debo llevarlo conmigo, o de lo contrario no podré volver a salir al lago.

—¿Cómo podríamos hacerlo?

Mattis sabía cómo. En esta ocasión se sentía confiado.

—Yo tomaré el mando —dijo—. Pero debéis hacer exactamente lo que os diga.

Tenía el corazón colmado de gratitud por lo que le había ocurrido. Ordenó a las muchachas que se metiesen en el agua y les pidió que agarrasen el bote al mismo tiempo que él y lo balanceasen de modo que el agua saliese salpicando por los costados. Ellas hicieron tal y como él quería, logrando así sacar una parte del agua para que el pequeño bote flotase. Después las hizo seguir meciéndolo mientras él tiraba de la amarra. Maniobraban, balanceaban y tiraban; y finalmente el bote quedó medio varado en la orilla.

Las muchachas disfrutaron del trajín, riendo sin motivo, y fueron en busca de un buen achicador para vaciar el bote adecuadamente. Había un agujero cerca de la parte de arriba, en un lateral, pero Mattis fue astuto, se sacó uno de los calcetines y rellenó el agujero con tiras del calcetín y la ayuda de la punta de su cuchillo.

—Ahora funcionará sin nadie a bordo —dijo—, pues quedará fuera del agua.

La cabeza le daba vueltas por estar a cargo de todo esto, ante los ojos de las muchachas, y ser capaz de conseguirlo.

Anna dijo, además:

—Se nota que sabes todo lo que hay que saber sobre embarcaciones.

Mattis rio orgulloso.

—Esperad un poco —dijo.

Tenía un buen secreto que pronto podría revelarles: Mattis también era un hacha remando. Y sería él quien se hiciese cargo de los remos.

Su propio bote estaba firmemente atado al de ellas con el cabo. Inger ya estaba sentada en la bancada y, por costumbre, había agarrado los remos.

—Pues no —dijo Mattis—. Voy a remar yo, ¿sabes?

—Ah, ¿sí?

Menudo momento estaba viviendo.

—Sí, ¡incluso sé todavía más sobre remar!

—Por supuesto. Entonces está claro que debes remar tú. Además, eres un hombre.

—Eso también —dijo él—. Y sé mucho sobre calafatear —añadió.

—Sí, vas a tener que hacerte a un lado, Inger —dijo Anna.

Inger se sentó junto a Anna en la bancada trasera. Mattis tomó los remos, como amo y señor del bote.

—Esto era lo que no quería contaros —les dijo a las chicas. Ahora se sentía tan hombre que podía inventarse una nueva patraña.

—¿El qué?

—Lo bien que me las apaño con los remos, claro.

Mattis irradiaba seguridad. Nunca había estado tan contento de poder remar, de poder remar compitiendo con los remeros más hábiles, si se diese el caso. Se puso en marcha con paladas largas y apacibles.

—Va muy bien —dijo.

—¿Nuestro bote?

—Pues sí.

»Sí, ¿qué otra cosa si no? —preguntó tras haberlo pensado un poco.

Rieron, aliviadas y contentas.

—No, nada más, claro que no.

—Ahora puedes atracar donde tú quieras —dijo Inger—. Nosotras tenemos todo el tiempo del mundo; tenemos que volver a casa antes de cenar, pero por lo demás, no hacemos más que holgazanear.

—Ya he puesto el rumbo —dijo Mattis secamente.

Así debían ser las cosas. Así debería ser uno capaz de hablar sobre tantas cosas: yo lo sé todo sobre esto. Y ya he puesto el rumbo. Y mucho más. Sus golpes de remo perdieron brío y comenzaron a ser irregulares.

—¡Ey, oye! —le gritaron.

Dio un respingo. Las muchachas parecían estar tomándole el pelo.

—Estabas a punto de dormirte, Per.

—¡Carajo! —dijo, sofocando su ensoñación.

El bote remolcado venía mordiendo las olas tras ellos, flotando sin problema dado que nadie iba sentado en él.

Mattis miró a las muchachas. Poco sabían de lo que habían hecho por él este día.

—Anna e Inger —dijo, desde lo más profundo de su corazón.

Ellas lo miraron expectantes, dado el tono de su voz. Pero no dijo nada más.

—Asegúrate de remar como si siguieses una línea recta, ya que tanto alardeas —le dijeron, jugueteando con los dedos de los pies en el fondo del bote. Sentían que este hombre extraño les había agradecido algo, y esto les produjo una alegría de la cabeza a los pies.

—Siempre remo en línea recta, es lo único que sé hacer —contestó Mattis abruptamente, y dio un respingo, pero por suerte ellas no parecían haber escuchado su descuidado comentario final.

—No importa —dijeron ellas.

Al principio, Mattis había puesto el rumbo directo a casa. Después se le ocurrió un plan mejor: quería remar hacia *donde hubiera gente*. Quería que lo viesen tan bien acompañado, no debía desperdiciar la ocasión. Remaría hasta el viejo muelle junto a la tienda, en pleno centro de la aldea. Por ahí siempre pasaba alguien, que presenciaría el inusitado desembarco.

Llegaré como el hijo de un rey, pensó. Todos los que quieran pueden venir a verlo.

—Remaremos primero hasta el muelle junto a mi tendero —anunció—. Ahí siempre hay gente que podrá vernos.

—¿Gente que podrá vernos? ¿Y eso para qué? —preguntaron a coro.

Él no las entendió.

—¿Acaso eres vanidoso, Per? —preguntó Inger, sumergiendo lánguidamente el dedo índice en el agua mientras avanzaban.

—¿Vanidoso? —dijo desconcertado.

Vio que Anna le hacía un gesto a Inger. Inger dijo de inmediato:

—Claro que atracaremos donde más te convenga, no se diga más.

Así la estela que se desplegaba tras Mattis se quebró abruptamente. El nuevo curso los puso rumbo hacia el muelle y el paso de la gente. Era un gran día, un día majestuoso, como un arco extendiéndose sobre Mattis.

Hege no se va a creer ni una palabra de lo que le cuente cuando llegue a casa. Realmente, también debería remar con ellas hasta allí. Sin embargo, alcanzar el muelle con ellas de este modo era ahora lo más importante.

—Lo más importante de todo —dijo en voz alta, como si no fuese con nadie.

—¿Qué quieres decir, Per?

—Hoy es el día más importante, ¿no? Este día, ¿verdad?

Eso cuadraba como debía en su cabeza.

—Bien dicho —declararon ellas. Todo el tiempo le alababan por lo que decía.

Inger añadió a su vez:

—Nosotras también recordaremos este día luego, Per.

Aquella palabra arrojó una sombra sobre Mattis: luego. Ellas habrían de irse, recordarían este encuentro en algún lugar extraño, donde él no estaría. ¡El *luego* nunca debería suceder!

Las muchachas estaban muy atentas a todo lo que hacía, y Anna preguntó de inmediato:

—¿Pasa algo?

Mattis dio una poderosa palada y luego otra. Entonces Inger supo enseguida lo que debía decir:

—Ya ves que *él* lo está haciendo muy bien, Anna.

Esta muchacha sí que es avispada, pensó Mattis, y miró a Inger embelesado.

Sí, las estaba mirando de frente ahora…, aun cuando seguían estando prácticamente desnudas. La timidez del islote se había esfumado, ahora eran como viejos amigos.

—Anna e Inger —dijo desde donde estaba sentado.

Ellas aguardaban.

No dijo nada más. Con esto bastaba.

El muelle y la aldea se acercaban rápidamente. Mattis aumentó la velocidad más todavía. Era difícil decidir: si remaba despacio, este momento maravilloso duraría aún más; si remaba a gran velocidad, las muchachas se marcharían antes, pero recordarían lo bien que remaba. Decidió esto último, pese a todo.

—Hombre, pero ¿es que vamos a ir todavía más deprisa, Per? —preguntaron las muchachas, encantadas.

Había tomado una buena decisión.

—Nunca se puede ir demasiado deprisa —dijo Mattis—, pero de eso vosotras no sabéis. Ahora podréis comprobar, ya que no estáis de espaldas, si hay gente en el muelle, o en la carretera, cerca de nuestro atracadero.

—No se ve a nadie, pero aún estamos muy lejos.

Anna vio algo.

—Ahí va un coche.

—Los coches no los tenemos en cuenta —dijo Mattis—, solo pasan de largo sin ver nada.

Al rato Anna dijo, desde su puesto de vigía:

—Ahora hay un hombre en el muelle…, pero no logro ver hacia dónde está mirando.

Inger añadió:

—Ahora sale alguien de la tienda, Per. Habrá toda una comitiva de bienvenida.

—Per, ahora los dos se han marchado.

La información se acumulaba en torno a Mattis. Se estiraba y remaba más fuerte de lo que le convenía. Pero esta llegada debía resultar majestuosa, costase lo que costase. Nunca más en la vida volvería a atracar de este modo, con dos radiantes muchachas sentadas a bordo.

—¡Ahora la gente nos ha visto! —dijo Anna—. Hay un par de muchachos mirándonos embobados. Ahora podemos ver con más detalle hacia dónde miran y todo lo demás.

—Ah, vale, unos muchachos —dijo Mattis secamente—, de esos no hace falta que haya muchos.

—Ahora ha llegado un ciclista y se ha detenido.

—No, ha entrado en la tienda.

—Sí, vale; pero está ya en marcha, según parece —dijo Mattis con seriedad. Después de todo comenzaba a sentirse bastante cansado y tenía los brazos entumecidos. Remar así tan tempestuosamente no era su fuerte, pero tenía que aguantar. Echó un vistazo rápido a sus espaldas y vio gente en el muelle. A continuación, simplemente se concentró en mantener la estela recta hasta el final.

Varias personas más se habían detenido en el muelle, dado que habían visto que venía el Simplón, pero era un Simplón de otro mundo. Realmente era un atraque por el que bien valía la pena detenerse: la llegada de un conquistador victorioso venido de lejanas tierras acercándose en un reluciente bote bajo los destellos del sol, y en la bancada trasera estaban sentadas dos bronceadas muchachas doradas por el astro, saludando indolentes y amistosas en dirección al muelle; y Mattis estaba al mando de todo aquello, sabiéndolo todo sobre remar, manejando el bote con firmeza y seguridad, siendo lo completo opuesto a un simplón.

Hasta el más mínimo detalle iba saliendo de un modo impecable.

El bote de Mattis los seguía a remolque, pero había empezado a entrarle agua, lo que hacía más pesado el viaje. De todos modos, Mattis consiguió mantener la velocidad hasta que tuvo que virar para evitar los postes del muelle. Nadie que lo estuviese viendo habría podido adivinar lo cerca que estaba del agotamiento; sin embargo, de pura excitación y alegría, volvió a recuperar las fuerzas.

Una pequeña multitud se había congregado en el muelle para recibirlos. Al menos cinco o seis personas. Y luego, ¡a cuántas personas llegarían a contar la historia esos seis! De eso se trataba. Seis por seis por seis por seis. Por lo menos.

Mattis había tenido tiempo de pensar en un desenlace para todo esto, y ahora había llegado el momento. Cuando el bote se deslizó hacia el borde del muelle, el remero se levantó con dignidad de la bancada y colocó firmemente los remos a cada lado.

—Bien, ahora ya os podéis hacer cargo vosotras, chicas —dijo tranquilamente, pero lo suficientemente alto como para que todos lo escucharan—. Ya hemos tocado tierra.

—Seguro que eso lo pueden ver por ellas mismas —dijo una insidiosa voz de muchacho. Fue rápidamente acallado por la concurrencia:

—¡Silencio!

—Ahora solo necesito recuperar mi bote —continuó Mattis, vuelto hacia las muchachas.

Estas sonrieron radiantes.

El pequeño grupo del muelle permaneció allí, sin atreverse a hacer ningún movimiento. Por un lado estaban esas dos muchachas, tan confiadas, y no solo eso, las acompañaba el Simplón, que se las había apañado tan bien y con tanta soltura que les resultaba irreconocible. No obstante, el muchacho de antes gruñó un poco, contemplando el ruinoso bote de Mattis más abajo.

—¿Has encallado, Mattis?

Mattis hizo como si no lo hubiese escuchado. Con tranquilidad, desamarró su propio bote del de las muchachas. Después se volvió otra vez hacia ellas:

—Anna e Inger —dijo, en el tono especial con el que se debían pronunciar sus nombres.

Ellas alzaron la vista hacia él, ya de pie sobre el borde del muelle, intentando controlarse.

—¡Gracias por el paseo! —dijo Mattis, en medio del círculo de gente. Quedarse de pie así, hablando de esa manera, con gente así, era toda una experiencia para él.

Las bronceadas Anna e Inger dijeron:

—Es a ti a quien tenemos que darle las gracias, Per. Nunca olvidaremos esto.

Ahora creo que preferiría morir así, le nació por dentro. Pero se contuvo. ¡Pues no!, entonces ya no saldría nada bueno de esto.

La voz del muchacho volvió a irrumpir de nuevo:

—¿Per? Pero si no se llama Per. ¡Ese es Mattis, vaya!

Para Mattis, esto fue como una puñalada por la espalda... Ojalá no fuese a peor. Ojalá los muchachos no dijesen toda la verdad: ¡Ese es el Simplón! Así es como lo llamamos. Que no lo digan, por Dios.

Contó los segundos.

Y se libró. Seguramente ha sido obra de Anna e Inger, pensó. Pues estaban de pie en su bote, jóvenes y espléndidas, y era obvio que defendían a Mattis, con un semblante muy hostil dirigido hacia el muchacho en cuanto este decía algo.

—Mattis o Per, lo mismo nos da —dijeron orgullosas, de modo que el desvergonzado muchacho lo oyese y tuviese que cerrar la boca por completo.

Gesticularon con los brazos a su alrededor:

—Gracias y adiós, Per. Ahora nosotras también nos marchamos a casa. Tal vez nos volvamos a ver alguna vez.

Las muchachas se alejaron remando. Mattis tragó saliva. Pero mantuvo la cabeza erguida. Después amarró lo que quedaba de su bote a uno de los ganchos de hierro.

Los cinco o seis que seguían ahí parados no preguntaron nada, algo los había conmovido. Estaban incómodos de algún modo. Aun así, alguien le advirtió a Mattis:

—Te están saludando.

Mattis se enderezó enseguida y devolvió el saludo. El bote fue alejándose. Las muchachas también remaban con destreza, aunque ahora era más fácil, desde luego.

Entonces, alguien del grupo se arriesgó:

—Vaya, así que te has salido con la tuya, Mattis.

Mattis ahora se sentía fuerte.

—Pues sí —contestó.

El muchacho se reanimó:

—¡Y vas a remar con ellas de nuevo!

—Sí, quizá —respondió Mattis sin pestañear.

Él pensaba que sí. Apenas lo dijo, se convirtió en verdad. ¿Por qué no iba a volver a suceder?

—Nos ha pasado de todo hoy —añadió, dirigiéndose directamente al muchacho.

Algunos rieron, pero no fue con malicia. En cualquier caso, a Mattis no le dolió. Ya había hecho lo que tenía que hacer, y podía marcharse. Los del muelle eran amigos, habían sido amables y no lo habían desenmascarado. Realmente no *caminó*, sino que más bien fue como si lo llevasen en volandas a casa, con Hege. Durante el trayecto no apartó la mirada del agua: el bote que navegaba por el lago iba haciéndose cada vez más pequeño…, así eran las cosas.

23

Su euforia se había apaciguado un poco cuando finalmente llegó a casa. Lo suficiente como para que pudiese contarlo todo de manera adecuada. El venturoso bote quedaba ahora oculto tras los cabos azules; Mattis sabía que era para siempre. Las muchachas se marcharían, y él nunca las volvería a ver.

De todos modos, el acontecimiento era innegablemente cierto y magnífico. No necesitó añadirle ni una sola mentira mientras se lo contaba a su hermana, bastaba con la pura verdad. Mientras escuchaba, Hege parecía estar aún más atareada que de costumbre con su tejido, y tan solo respondía con murmullos de vez en cuando.

—¿Me estás escuchando? —preguntó Mattis—. Porque estas cosas solo ocurren una vez en la vida, así te lo digo.

—Eso es cierto —contestó ella—. He escuchado cada palabra, te lo podría repetir por completo.

En ese momento no pensó en lo triste que sonaba aquello, el hecho de que fuese algo que solo podía ocurrir una vez y nunca más; sin embargo, lo usó para adornar el relato.

Siguió contando. Era increíble todo lo que había sucedido entre él y las dos muchachas. Hege escuchaba con gesto de satisfacción, y Mattis se enfadó un poco porque continuaba tejiendo exactamente como antes. Ella nunca tejía los domingos; y esto tenía que ser igual de importante que un domingo. Al final dijo:

—Podrías dejar de lado tu chaqueta de punto un momento.

—¿Y eso por qué?

—Es como si fuese domingo para mí.

Su hermana abandonó la chaqueta a medio hacer sobre su regazo y lo escuchó. Él había llegado a un punto importante. Agradecido, le contó las palabras de despedida de Anna e Inger.

«Nunca olvidaremos esto», dijeron, «Mattis o Per, lo mismo nos da», dijeron.

Pues no, Anna e Inger no volvieron a esa zona del lago. Pero Mattis vivía bajo aires ligeramente diferentes a los de antes. Se sentía más seguro, caminaba con mayor confianza por la carretera, entraba en la tienda de una forma nueva. Todos sabían de lo ocurrido, era evidente. Los primeros seis habían hecho su parte justo como debían, y después la voz había corrido por sí misma.

Tal y como ocurría ahora en la tienda.

El tendero pesó una pequeña bolsa de café y preguntó como si nada, mientras atendía el peso:

—¿Has vuelto a salir al lago?

—No.

Mattis respondió de forma escueta, mientras se reía por dentro. Así es como debía hablarse de las grandes cosas. Ciertamente este mismo tendero habría dicho esto y aquello a sus espaldas recientemente, pero uno debía hacer la vista gorda ante eso. Igualmente evitó comprar caramelos de alcanfor en estas primeras ocasiones. ¿Qué importancia tenían ahora los caramelos de alcanfor? Salió por la puerta con café y azúcar, como si fuese un leñador del bosque agreste.

Entonces tuvo la ocasión de preguntar si Anna e Inger realmente se habían marchado..., se encontró con gente de aquella zona, así que se armó de valor y preguntó. Se habían marchado. Las vacaciones habían terminado para ellas.

24

En lugar de las muchachas, apareció el temporal que amablemente se había mantenido al margen durante medio verano. La tormenta tenía que llegar antes o después. Los alcanzó el cuarto día después de la aventura en el lago. La cuarta mañana.

Mattis lo notó en cuanto salió de la cabaña: el aire plomizo no estaba para bromas. El cielo lucía oscuro y quieto. Estas nubes podrían traer solo lluvia, pero bueno. Mattis sintió de inmediato la misma pesadez plomiza en su propio cuerpo; con eso en este momento tenía la certeza de lo que le esperaba a uno. Fue como si todas sus *fuerzas* se hubiesen esfumado. Mientras tanto, permaneció atento a los gestos de Hege.

Hege hacía como si nada.

—¿Es que no lo ves? —exclamó él finalmente.

—No veo nada inusual —contestó ella, recogiendo la casa—. ¿Qué es lo que ves tú?

—Tormenta.

—¡No, qué va! —dijo ella.

Mattis entraba y salía sin parar.

Durante todos los años que había pasado muerto de miedo por las tormentas había ido acumulando muchas señales extrañas, de las que aquel día echó mano. La más segura era la pesadez plomiza a su alrededor y en su interior.

Hege lo tranquilizó:

—No llegará a nada, ¿sabes? Se va a despejar pronto, toda esa tormenta de la que hablas.

—Hoy no puedes burlarte así de mí —dijo él—, casi nunca he visto un preludio tan feo.

No había terminado de decirlo cuando sonó el débil estruendo de un trueno. Un estruendo que aún estaba adormecido, pero que no por ello resultaba menos amenazador.

Mattis se acaloró.

—¿Lo has oído?

—Sí, vale; no es seguro que vaya a haber más. Ahora tranquilízate —dijo Hege—. Quédate *aquí* esperando un poco, ya verás cómo todo irá bien.

—Ahí viene, tan seguro como que estás lavando las tazas. ¡Escucha!

El trueno retumbó por segunda vez, un poco más fuerte que antes; como siempre ocurre.

—En todo caso, espera un poco —dijo Hege.

—Quizá sea mejor que vengas conmigo —dijo Mattis, cada vez más nervioso.

—Nada de eso. Espera, por favor.

A este respecto Mattis era sordo a toda palabra o buen consejo. Tenía el rostro lívido, y ya estaba preparado para dirigirse a su refugio habitual contra la tormenta. La letrina era el lugar más seguro. A lo largo de los años, Mattis había recopilado gran cantidad de relatos sobre impactos de rayo; pero ninguno había alcanzado jamás una construcción de este tipo. Era extraño pero cierto.

Antes de que consiguiese entrar en la letrina, retumbó el tercer trueno…, mucho más cerca. Por lo demás había un silencio inusual. Ningún canto de pájaro. Lo único que oía era a un moscardón que zumbaba y emitía destellos azulados en el aire cargado.

Cerró bien la puerta.

No tuvo que esperar demasiado antes de que la tormenta arrasase de lleno. Los relámpagos refulgían como un susurro suave y peligroso allá fuera, y Mattis permaneció sentado, acurrucado con los ojos cerrados, contando uno, dos, tres, hasta la llegada del siguiente tronido. Se metió los dedos en las orejas y comenzó a hurgarse en los canales auditivos, causando un ruido horrible, pero eso tampoco servía de mucho cuando los truenos retumbaban en serio.

¡Caramba! Escucha *eso*...

Aún más salvaje.

Y Hege en medio de todo aquello.

¿Qué está haciendo? ¿Estará tejiendo chaquetas también con este tiempo? ¿Mientras caen los rayos? No, no puede estar haciendo eso. Tiene que pensar un poco.

El temporal continuaba. La lluvia todavía no caía. Mattis se encontraba en la primera parte, en la que no llovía, la peor de una tormenta. Y hoy quizá no se apliquen los viejos indicios; no es seguro que siga estando a salvo en este lugar.

No, porque alguna vez ha de llegar ese día. Pues a todo le acaba llegando su día.

Tampoco se está a salvo aquí.

Se hurgaba furiosamente con los dedos en los oídos. Ahora los relámpagos y los truenos surgían simultáneamente. Pues que venga, se dijo entumecido. Uno, dos, tres. No era el intervalo entre rayo y trueno lo que estaba contando, sino los segundos que le quedaban de vida. Le pareció que la tierra cedía, por lo menos por un momento. Entonces empezó a llover, a cántaros. Creo que tendré cada vez más miedo, porque cada vez se vuelve más peligroso.

Hege está en la cocina, sin sentir el más mínimo miedo. Ella no le teme a nada.

La contienda se hizo larga. La lluvia martilleaba el techo. También había goteras; el techo estaba en mal estado, como todo lo demás por casa.

Pero tenía que acabar en algún momento, y entonces se alcanzaba el otro lado de la tormenta, y era maravilloso.

En definitiva, tampoco aquel día hubo una excepción a la regla.

La letrina parecía segura. Sintió el cuerpo ligero, como el ánimo. Todavía subsistían pequeños retumbos inofensivos, y el aguacero. Era glorioso estar al otro lado del temporal. Pronto correría a casa, con Hege, entre los vestigios de la tormenta.

¡Ahora!

Abrió la puerta y corrió agachado a través de la lluvia. Olía fuerte a hojas y a hierba lavadas. Era un olor que no se percibía salvo en momentos así.

A través del fuego relampagueante, pensó mientras se sacudía el agua del cuerpo, parado junto a los escalones. No dudó ni por un momento que Hege había permanecido sentada tranquilamente en la cocina, Hege nunca había huido de los relámpagos.

En efecto, su hermana estaba en su sitio. El trabajo avanzaba. Por lo menos en ese momento.

—¿Llevas aquí sentada todo el rato?

—Ah, ya has vuelto —dijo ella. No contestó a su pregunta.

—A través del fuego relampagueante —dijo él, y su rostro lavado por la lluvia se sonrojó. Soberbio, de repente.

25

Luego Mattis salió a explorar el terreno, como de costumbre tras un temporal; con el cuerpo reanimado. Blancos riachuelos descendían en cascada por las laderas. Pero Mattis no llegó muy lejos esta vez, se detuvo petrificado:

¡¿Qué significa *eso*?!

Las copas de los álamos Mattis-y-Hege; ahora solo una de ellas se elevaba en toda su altura. La otra había quedado reducida a astillas por un rayo, apenas se distinguía un tocón blanco, muy bajo. Llamas no había habido, la lluvia las había apagado de inmediato.

La muerte había estado jugando ahí frente a su casa.

Mattis se quedó parado largo rato. Porque esto, esto..., sí, ¡era una advertencia! Pero ¿de quién se trataba? ¿Cuál era Mattis y cuál Hege?

Al principio quiso llamar a Hege a gritos, pero se detuvo. Era posible que Hege también supiese *quién era cuál*; y en ese caso no se atrevería a hablar sobre esto justo delante de ella. Pero tenía que averiguar de quién se trataba; debía intentar ser ingenioso.

Tranquilamente, se dirigió a Hege:

—¿Estuviste tejiendo todo el rato?

—Sí —contestó ella. Estaba más que claro a qué momento se refería.

—Podría haber sido peor.

—¿Y entonces?

—Un rayo ha caído justo al otro lado de la cerca —dijo firme, a modo de veredicto.

—Ah, sí —dijo Hege—, sí, hubo un estallido más fuerte que los demás.

—Ha hecho astillas uno de los álamos.

—Hum —dijo Hege, contando puntos.

—¡Uno de los álamos secos!

Su hermana no se inmutó.

—Ah, sí —dijo ella.

—Ah, bueno, si eso tampoco es nada —dijo él, enojado—, entonces nada lo es, te digo.

—Las copas resecas los atraen —dijo Hege.

Lo dijo sin más. Directamente.

—Sal y mira a ver si ves más copas que hayan sido alcanzadas, Mattis —añadió ella.

—Eso voy a hacer —dijo él ansioso; pues esta era una gran misión que, en efecto, podía llevar a cabo.

Una vez fuera comenzó a escudriñar las copas. Al cabo de un rato le quedó claro que Hege lo había engañado. Ella no quería hablar sobre el álamo alcanzado por el rayo, así que por eso había salido con esto de salir a contar las copas. ¿Pero por qué no quería saber nada?

Entró e informó:

—Ninguna más.

—Qué bien —dijo Hege absorta.

Pero lo ocurrido con el relámpago y el álamo dejó intranquilo a Mattis. Deambuló entrando y saliendo, y por el camino. No encontraba solución alguna al embrollo.

Es una cuestión de vida o muerte…, pensó de pronto.

¿Quién ha sido alcanzado?

De Hege no pudo sacar nada más, ella no quería soltar lo que sabía. Así que era cosa de acudir a otras personas; pero la simple idea de hacerlo le resultaba terrible. Y además hay que ser avispado. Pero es una cuestión de vida o muerte, pues si no es Hege, entonces soy yo mismo.

¿Qué preferirías?, escuchó preguntar en su fuero interno.

¡No debo pensar así!, se dijo a sí mismo, tratando de detener esos pensamientos. ¡No estoy pensando en ello!

Tendría que fingir que le tocaba darse una vuelta e ir a la tienda, esas vueltas las daba cada vez más a menudo.

Tras la gran restitución en el muelle, entraba tranquilamente en la tienda ante las miradas de los demás, de una manera que antes nunca había acostumbrado a tener. Que él supiese, era posible que ahora se le considerase un hombre de valía; se había lucido bien al desembarcar ahí con las muchachas.

—¿Necesitas que vaya a comprar algo hoy? —preguntó por tanto una tarde. Incluso se había afeitado.

—Qué irreconocible estás —dijo Hege—. Dando la lata con ir a la tienda.

Mattis permitió que lo dijese tranquilamente. Poco sabía ella acerca de cuál era su verdadero objetivo, y que era cosa de vida o muerte.

—Pero ¿y el dinero? —dijo, encogiéndose.

Ella sacó dinero para la compra, y también algunas monedillas extra para Mattis.

—Es para...

—Hoy no voy a comprar caramelos —dijo él apresuradamente—, si es eso lo que crees.

—¿Por qué no? No andamos más escasos de dinero ahora que antes.

—Uno no puede andar pensando en caramelos cuando los rayos fulminan las copas de los árboles —dijo Mattis, entrando en el tema secreto. Pero esto no afectó a Hege.

—¡Pues claro que se puede! —dijo Hege, escandalizándolo con su frivolidad.

—Hay asuntos más importantes en los que pensar ahora mismo, ¿o no? Yo creía que tú también te habías dado cuenta.

—Toma las monedillas, anda —dijo Hege sin alterarse lo más mínimo—. Cómprate unos caramelos como siempre.

—¡Ten cuidado! —dijo Mattis agitado. Volvió a dejar las monedillas sobre la mesa, de modo que llevaba lo justo para los productos importantes. Tenía que apresurarse a salir antes de que ella lo sobresaltase aún más.

Lo que quería era tener una buena excusa para ir por la carretera principal y quizá encontrarse con alguno de los vecinos más cercanos; aquellos que seguro conocían mejor las copas de los álamos. El tendero quedaba un poco lejos como para conocer cada álamo en detalle. Mattis debía enterarse de quién había sido alcanzado por el rayo.

No había gente de la aldea en la carretera, ahora en medio de la jornada laboral. Mattis lo había olvidado. Los coches pasaban ronroneando a su lado. Llegó a donde el tendero e hizo la compra, con serenidad y determinación. Como siempre, había un par de forasteros, turistas, comprando galletas y refrescos.

Cuando Mattis estaba a punto de irse, ocurrió algo penoso. Dado que no había comprado la acostumbrada bolsa de caramelos, el tendero creyó que sería porque el dinero no le alcanzaba; así que hizo un cucurucho y lo llenó deprisa con unos pocos caramelos. Colocó el cucurucho entre las demás mercancías, y le guiñó el ojo brevemente.

Mattis se sonrojó. Eso era lo que el tendero solía hacer con los niños, según había visto. Recogió rápidamente las dos o tres bolsas con la compra, y dejó los caramelos sobre el mostrador.

—Llévatelos —dijo el tendero—. Ya me los pagarás en otra ocasión.

Tristemente, Mattis no podía dejar de darle vueltas a sus palabras. Le daban caramelos como a un niño; pese a que tenía conocimiento sobre cosas importantes que astillaban árboles, y relámpagos y augurios de muerte. Tomó el regalo, farfulló «gracias» y se llevó un caramelo a la boca. Se sintió humillado. Lo peor era que el tendero estaba tratando de ser amable. Mattis debía intentar salir del paso con dignidad.

—Supongo que no puedes evitarlo —dijo en voz alta y clara al tendero.

La tensión se hizo palpable. El tendero se le quedó mirando fijamente.

—¿Qué es lo que no puedo evitar?

—¡Pues ser como eres! —contestó Mattis, pensando que se las estaba apañando bien.

El otro rio satisfecho, volviendo a sentirse seguro.

—Bueno, espero que no.

Mattis se fue.

Fuera de la tienda no se resistió a meterse un segundo caramelo en la boca, colocándose uno en cada carrillo, y dejó que se fuesen disolviendo dulces y fuertes hacia su lengua; parecía que había pasado mucho tiempo desde la última vez que había hecho algo así.

Todo el tiempo se encontraba solo con forasteros en la carretera. Andaba merodeando por allí, miraba distraído el trajín de los coches, manteniéndose cerca de donde las copas resecas de los árboles eran visibles desde la carretera. Pero la tarde llegó a su fin, y la gente comenzó a regresar a casa desde los campos de cultivo. Alguno que otro de los que trabajaban fuera, en otras granjas, venía ahora por la carretera. Apareció un hombre, y Mattis fue directo hacia él con una pregunta para entablar conversación:

—¿Qué has hecho hoy?

Fue una mala idea. El hombre estaba cansado, y miró cortante a Mattis.

—¿Y *tú* qué has hecho hoy, hombre? —contestó devolviéndole la pregunta, queriendo alejarse.

Mattis se estremeció. Pero no debía dejarse amedrentar ahora.

—Se trata de algo importante —dijo rígidamente—, te pregunté eso otro solo porque así suele hacerlo la gente.

El hombre se había percatado ya de quién tenía enfrente, y cambió su tono hosco.

—He estado segando, aún hay bastantes que todavía continúan con la siega —contó. Entonces se sentó directamente sobre un bolardo de piedra torcido—. Suelta lo que querías decir, Mattis; estoy muy cansado y hambriento, ¿sabes?

—No sé cómo decirlo —dijo Mattis despavorido—, no puedo soltarlo así por las buenas.

—¿Entonces mejor lo dejamos, y hablamos de ello en otra ocasión?

Mattis no contestó; en su lugar hizo un gesto con la cabeza hacia las copas de los álamos que se vislumbraban desde allí, una de las cuales había sido fulminada por un rayo.

El hombre ya no tenía más tiempo.

—Bueno, si no lo puedes decir de una vez, entonces me parece que…

—Te lo estoy señalando —aclaró Mattis, interrumpiéndolo.

—Ah, ¿sí?

—¿Ves lo que estoy señalando?

—El bosque.

—No *todo* el bosque —dijo Mattis y se giró para mirar directamente a las copas de los álamos.

—Sí, ahora creo que sí sé lo que es —dijo el segador, sintiéndose incómodo de inmediato. Era claramente muy perspicaz, comprendió Mattis.

—Entonces también eres muy avispado —le dijo al segador—. Así me resulta más fácil.

El hombre no podía saber lo mucho que aquel elogio significaba viniendo de boca de Mattis. Por lo tanto, le tocaba a Mattis escoger bien sus palabras.

—¿Ves la una y ves la otra? —preguntó sintiéndose satisfecho consigo mismo.

—Sí, claro.

—¿Pero ves lo que el rayo le ha hecho a una de ellas?

—¡Uf!, sí —dijo el avispado.

Ahora el camino estaba abierto.

—Pero ¿quién *es*?

Así fue como la pregunta quedó formulada, pero así también fue como se detuvo la conversación; la actitud del hombre cambió.

—Ya no te entiendo —contestó cortante, y no quiso saber más.

Mattis esperó ansioso. El otro lo entendía muy bien. Por eso no quería saber nada más del tema.

—¿Acaso es la que está en casa en este momento? —preguntó Mattis, estremeciéndose por el pecado que cometía. Estaba haciendo algo muy desagradable, de eso se daba cuenta.

—¿La que qué? —dijo el segador, haciéndose el tonto.

La cosa se tornó escalofriante para Mattis. ¿La que qué? ¡Sí, la que! No se atrevía a pensarlo.

—No, nada —dijo asustado—. ¡No quise decir lo que estás pensando! ¡Ella está en casa preparando café, nada más! ¡Ella está en casa preparando café, como cualquiera!

El segador se levantó del bolardo, claramente reacio a seguir escuchándolo.

—Vale, bueno, debo irme a casa. Mañana será otro día, ¿sabes?

Pero la tentación volvió a ser demasiado fuerte para Mattis; tan cerca como estaba del desenlace. Tenía que intentarlo por otra vía:

—¿*Tiene* cada una de las copas un nombre?

—No lo sé.

El segador lo dijo en un tono tan arisco como pudo, tratando de contener sus preguntas. Y entonces se marchó.

Mattis se quedó con la misma incertidumbre que antes, y encima horrorizado por sus propias palabras. No se atrevió a preguntarle a nadie más sobre el asunto.

26

En lo más profundo de su corazón, a Mattis no le cabía ninguna duda de que se trataba de Hege, de que el álamo Hege era el que había sido alcanzado por el rayo. Hege era la mayor y todo. Por lo demás no quería admitir lo que pensaba, pues en momentos así era un ser malvado el que pensaba por él.

—Ahora vivimos en la incertidumbre —le dijo a Hege—, tanto tú como yo.

—¿Cómo? —preguntó Hege, que a lo largo de toda su vida se había acostumbrado a lanzarle este tipo de preguntas a Mattis.

—No te lo puedo decir, pero es horrible —contestó él—. Cuando dije incertidumbre, me refería a algo horrible.

—Bueno, seguro que podremos apañárnoslas ahora igual que antes —dijo Hege—, recibo más encargos de los que puedo cumplir.

Comprendió que ella estaba pensando únicamente en traer el pan a casa.

—¿Estás hablando de comida?

—No me queda más remedio.

Aquello fue un golpe para Mattis. Le pareció ver unas sombras cerniéndose sobre Hege. Debía advertirla.

—¿Recuerdas el pájaro que mataron de un tiro?

—Sí, claro.

—Aunque tampoco es eso —dijo él.

Hege guardó silencio y esperó.

—¡Pero esto solo le atañe a uno de nosotros, eso es a lo que me refiero! —continuó él insistente.

—Seguro que pasará, sea lo que sea —dijo Hege absorta—. Además —añadió sacudiendo la cabeza—, estás pensando tantas cosas últimamente, Mattis, que apenas te reconozco.

Este testimonio le hizo iluminarse de alegría. Hege sabía cómo alegrarlo a uno, cuando quería. Tuvo que retirarse para quedar a solas con su alegría.

Allí, en soledad, dio un respingo: ¡en *eso* no he pensado! Si ella es el pájaro, dijo, por así decirlo, ¿qué será de mí?

En eso no he pensado.

Tiene mala pinta, lo mire por donde lo mire.

Esto debía apartarlo de su mente cuanto antes, así que regresó con Hege y le dijo:

—No hablemos más de todo esto.

—En eso estoy de acuerdo —dijo Hege.

27

Mattis había remendado el bote para hacerlo navegable de nuevo. Ese verano salió mucho al lago, y capturó algunos miserables pececillos; aunque sobre todo se limitaba a remar a lo largo y ancho del lago, descendiendo hacia las orillas que no acostumbraba a ver. Le iba bien remar: sus pensamientos se dirigían directamente a los remos, en línea recta, sin enredarse como solía ocurrir con el trabajo en tierra.

Este verano había algo nuevo en el lago. La invisible presencia de Anna e Inger en las aguas abiertas. No albergaba esperanza alguna de encontrarse con ellas; pero tampoco era algo que pudiese saberse. ¿Por qué no iban a poder aparecer vivitas y coleando en alguna ensenada y verlo? Aparecer elegantes y risueñas frente a un cabo. No se necesitaba más.

Se adentró más en el lago, como abierto a todo.

Ellas no aparecieron.

Ya en casa se presentó ante Hege:

—¿Tampoco es diferente para ti, ahora?

Ella no contestó. Pero esta vez no le gustaron sus palabras, de eso se percató.

—¿Debería estarlo?

Él se la quedó mirando.

—Puede ser —contestó—. Nadie lo sabe. Deja que te mire a los ojos, Hege.

No, ella no lo dejó. ¿Qué era lo que temía mostrar? De repente, el miedo lo atenazó. ¿Tenía algo que ver con él?

—¡No debes abandonarme! —exclamó él.

Entonces ella alzó la vista.

—No voy a abandonarte, Mattis. Si fuese a hacerlo, lo habría hecho hace mucho tiempo.

Normalmente esto habría sido suficiente para tranquilizarlo, pero hoy era diferente. No lo tranquilizó en absoluto. ¡Y todo el rato tejiendo!

—¡Déjalo un momento! —dijo. Cogió la chaqueta de punto y la tiró hacia el banco. A continuación, agarró a Hege de las muñecas.

Una mirada asustada asomó en sus ojos.

—¿Qué te pasa?

—¡No debes irte! —dijo tan solo.

Olas de pensamientos confusos lo atravesaron: que era el árbol de Hege el que había sido alcanzado por el rayo. Que él mismo lo había sentenciado para salvarse. Que, por consiguiente, era posible que Hege estuviese en peligro mortal. Había agarrado a Hege y la había levantado a la fuerza. Ella dejó que lo hiciese sin ofrecer resistencia, como si supiese que un exabrupto así algún día tenía que desencadenarse.

—Sal conmigo.

Ella lo acompañó.

Afuera, asustado y desconcertado, dijo:

—¡Tampoco podemos quedarnos aquí! Debemos alejarnos. Irnos lo más lejos posible.

Hege repuso con tranquilidad:

—No podemos marcharnos de inmediato, debemos llevarnos tanto comida como otras cosas.

—¿Qué cosas?

Mattis quedó atónito ante el tono tranquilo de su hermana.

—Si vamos lejos, debemos prepararnos, ¿no?

Hablaba como si el hecho de marcharse fuese lo más natural del mundo. En su estado de pánico, no lo cuestionó. Entonces se dio cuenta de que era él mismo quien había dicho disparates.

—¡Ven a dar una vuelta conmigo, por lo menos! —le rogó—. Vamos a dar un paseo por el bosque, aunque sea.

Para eso estaba lista sin más.

—Ven, pues.

La mala conciencia atormentaba a Mattis.

—Tú no sabes lo que te he hecho, Hege —dijo—, pero es algo peligroso. Tienes que andarte con mucho cuidado para seguir con vida.

Hege se enderezó involuntariamente.

—¡Cállate, por favor! Mira que estás agitado hoy. Tú y yo seguiremos con vida mucho tiempo aún.

—Algo ha pasado con *eso* —dijo Mattis fatigado—, no te lo puedo contar.

Hege casi nunca había visto así de miserable a Mattis. Ahora fue ella quien le tomó la mano.

—Ven, anda, hoy iré contigo a dar un paseo, no te quedes ahí parado.

Se encaminaron al azar hacia el bosquecillo de abetos entre el lago y la carretera, por donde cruzaba un pequeño sendero.

Pero Mattis debía continuar donde lo habían interrumpido, debía confesar lo que le carcomía:

—Y he sido yo quien lo ha hecho —dijo—, pero no soy capaz de contarlo. Simplemente es como lo digo.

—Ya, ya —dijo Hege tranquilizadora—, no quiero oír nada más al respecto. Así que todo está bien. ¿Entiendes? ¡Déjalo ya! Basta.

—¿De verdad? —contestó él agradecido.

Siguieron caminando, como si tuviesen prisa por llegar a ver a alguien. El remordimiento hacía que Mattis se apresurase, y a Hege le costaba seguirle el ritmo. Pasaron de largo por la ciénaga en donde Mattis y la becada se habían comunicado en la lengua de los pájaros. Mattis no dijo una palabra al respecto, Hege podría llegar a estropearlo con una mínima palabra de duda. Dejaron atrás la ciénaga y se adentraron en el bosque, el verdadero sotobosque sin hierba, tan solo con agujas marrones y un poco de musgo verde.

—¡Para un poco! —dijo Hege, que percibía el silencio del lugar. Él finalmente se detuvo. Enseguida él también sintió el agradable silencio.

—¿Dónde estamos? —preguntó desorientado.

—Muy cerca de casa —dijo ella paciente—. Apenas dentro del bosque, ¿no lo reconoces?

Él no se percató.

No miró a su alrededor.

—Me siento mal —dijo en cambio—. Me arrepiento terriblemente de algo.

—Mattis, ¿has oído lo que te he dicho?: ¡basta!

—Sí, pero…

—Ni una sola palabra más sobre eso, ya te he dicho que todo está bien.

—Pues no lo parece —repuso Mattis testarudo.

—¡Siéntate en ese montículo de ahí! —dijo Hege bruscamente, por pura desesperación. Era un montoncito de musgo blando y redondo junto al que se habían detenido por casualidad.

Mattis se sentó sin querer hacerlo. Así lo quería Hege, y ella era la que tenía tanto la voluntad como el poder.

—Casi me has reventado —dijo ella resollando justo a su lado.

Mattis se había quedado mudo y pasmado, y no contestó. Estaban sentados en el pequeño montículo de musgo. Ni un sonido se escuchaba en el bosque que los rodeaba, y sus estrepitosos corazones fueron latiendo a un ritmo más tranquilo. Mattis estaba sentado en el bosque junto a Hege, enmudecido porque había empezado a pensar en cosas nuevas y más alegres que aquellas de las que recientemente se había estado ocupando.

—Si hubieses sido una chica —se le escapó, pero se detuvo enseguida—. ¡Disparates! —dijo—. ¡Chica eres, al fin y al cabo! Lo que quiero decir es… *otra* chica.

—Quédate tranquilo ahora —dijo Hege—. ¿Por qué estás comportándote así hoy? Ya basta.

Dado que Mattis parecía estar mejor de su aflicción, a Hege le resultó natural usar un tono un poco más cotidiano, con un poco de riña y reprimenda. Pero Mattis la interrumpió:

—No te atreviste a mirarme, tanto miedo me tenías —añadió, teniendo que deshacerse de la imagen de la chica.

—¿Miedo? No te tengo más miedo del que le tengo a un gato. Y lo sabes bien, ¿no? Ahora vamos a quedarnos sentados aquí un rato, y a dejar de lamentarnos.

Ella era severa y eso le daba fuerzas.

Añadió:

—Por cierto, no tienes nada de que arrepentirte, Mattis. Son los demás los que pueden tener algún motivo.

A Mattis se le aligeró el cuerpo. Hege era la avispada, sin duda. Nadie es como ella cuando se trata de quitarle a uno los pesares de encima. Agradecido, dijo:

—No sabes lo a gusto que estoy aquí, Hege.

»Se está muy bien aquí, en el montículo —añadió.

Hege también parecía estar a gusto.

—Aquí vendremos más veces —dijo Mattis.

Pero el momento del montículo había llegado a su fin, cuando Hege dijo con severidad:

—Habrá que levantarse.

Sin embargo, Hege hizo algo inesperado para Mattis, pues no se apresuró en volver enseguida a sus chaquetas de punto, sino que dijo:

—Vamos a tomarnos un poco de tiempo libre, después de esto. Hemos tenido mucho trajín últimamente.

—Sí, así es —dijo Mattis—. Pero tú has podido con todo. ¿Paseamos un rato?

Mattis se iluminó con todo esto, era algo muy inesperado por parte de ella.

El sotobosque era como un manto. Caminaban sosegadamente sobre aquel manto, permaneciendo callados. Pero no era un bosque muy amplio, de repente se encontraron a orillas del lago. El gran lago de Anna e Inger.

Brillaba reluciente como un espejo, y Mattis dijo:

—Aquí estuvimos remando un día entero.

Hege no preguntó cuándo, en el mundo ya solo existía un paseo en bote.

Más o menos casualmente, Hege se puso a organizar algunos asuntos importantes para Mattis mientras permanecían en aquel lugar. Mencionó que quizá debería dedicarse a llevar a la gente en bote, en el lago. Eso sería muy conveniente para él.

Mattis tomó la sugerencia al vuelo, como si se tratase de una pelota lanzada al aire:

—¡Claro! ¡Porque eso sí lo puedo hacer!

—Cruzar a las muchachas en bote —dijo Hege.

Él la miró rápidamente.

—¿Tú crees?

Pero, por desgracia, Hege tuvo que avisarle:

—¡Uy, no! Nadie vive en aquel lado, no hay más que brezales, así que no hay tráfico. Pero *si hubiese* vivido gente allá, podrías haber sido barquero.

Eso le impactó. No escuchó sus palabras sobre que nadie vivía al otro lado.

—¡Claro! —dijo. Se lo dijo a sí mismo.

Esto era algo que a él jamás se le habría ocurrido por su cuenta. Si Hege lo había dicho para animarlo, había atinado. Mattis se quedó sin palabras y, absorto en sus pensamientos, no veía dónde pisaba, tropezaba entre los matorrales del bosque. Hege trataba de establecer alguna conversación, pero Mattis tan solo respondía «¡hum!…».

—Vamos a casa —dijo Hege—, se me ha acabado el tiempo libre.

Caminaron en silencio por la orilla. Mattis se encaminó hacia el atracadero de su bote.

—¿Vas a quedarte por aquí?

—Sí, puedes irte —contestó atareado—, tengo mucho que hacer con el bote después de esto.

Hege se marchó. Cuando ya había ascendido un trecho de la cuesta, Mattis le gritó, como si hubiese recuperado por fin el aliento:

—¡Cómo es posible que no lo hayas dicho antes!

Hege contestó agitando una mano, no tenía otra respuesta. Pronto había desaparecido. ¿Cómo era posible que no lo hubiese dicho antes? ¿Era avispada o no? Pero menudo desenlace más bueno había tenido el día: esperaba con ansia comenzar con un trabajo que podía hacer bien.

Ya no pensaremos más en ese rayo, se dijo. ¡No nos atañe a ninguno de los dos! Y mañana mismo quizá tenga alguien a quien cruzar en bote.

Ahora tenía que poner el bote a punto lo mejor posible y sin que costase nada.

Mattis trabajó hasta muy entrada la noche. Estaban a finales de julio, y había empezado a oscurecer por las noches. Como carpintero, Mattis era tan inepto como lo era en tantas otras cosas, pero esa tarde arregló el bote con cariño; con las miserables herramientas que tenía. Cuando Hege le preguntó, él le comunicó que comenzaría al día siguiente. ¿Con qué? ¡Pues con lo que has dicho! Cruzar a la gente en bote de un lado del lago al otro.

—¡Nada como esto se te había ocurrido antes! —concluyó él.

Hege tenía que decir la verdad.

—Entenderás que no lo decía en serio. No hay nadie a quien llevar remando de un lado al otro.

—¿De verdad vas a empezar con eso? —dijo él enfadado pero bajo ningún concepto abatido—. ¿Pretendes engañarme?

—Ya te he *dicho* que no hay nadie ahí.

Entonces se lo pensó un poco, y añadió rápidamente:

—Pero es cierto, ¡claro que puedes empezar! No hay nada que te impida intentarlo. Tendrás algo que hacer todo el día.

A oídos de Mattis, todo aquello eran murmullos que no venían al caso. Ella no sabía lo que había puesto en marcha para él. Él mismo se sentía en un punto de inflexión; se le había abierto un camino.

No detuvo el trabajo hasta amoratarse el dedo pulgar con el martillo, pues ya no lograba distinguir el pulgar del clavo.

Mientras subía por la cuesta pensó que, a pesar de que la becada yacía bajo la piedra, había sido un buen verano.

III

28

De hoy en adelante, barquero. Para Mattis era agradable pensar eso.

El lago relucía como un espejo, esperándolo.

Era evidente que Hege había impulsado su plan de ser barquero, que había salido de forma tan abrupta de ella. En parte, Mattis entendía por qué: se alegraba de no tener que ver a Mattis ocioso durante todo el día. Se alegraba de deshacerse de él por un rato, simplemente. Pero Mattis le estaba tan agradecido por esta misma ocurrencia que lo que había detrás le molestaba muy poco.

Ella le preparó varias rebanadas de pan y las envolvió.

—¿Todo esto es para mí?

—Sí, necesitas lo suficiente para todo el día, ¿no? ¿O es que pensabas regresar a casa de inmediato?

—No, no, en absoluto —dijo él. Sonó como si le hiciese una promesa.

Hege también le contó lo que tenía que hacer un barquero cuando estaba de servicio:

—A ver, en caso de que no venga nadie de inmediato pidiendo que lo lleven, un barquero tiene que quedarse esperando.

Mattis la miró, y ella se sonrojó de repente. La había pescado en algo que no querría reconocer.

—¿Debo cruzar el lago por la parte donde es más angosto? —preguntó él en cuanto estuvo listo.

—Supongo que eso es lo que hacen.

—Y si no hay ninguna parte que sea más estrecha, ¿qué debo hacer?

—Bueno, pues entonces debes atracar aquí y allá —dijo Hege, y fue una decisión que a él le gustó. Sus palabras de despedida fueron las adecuadas:

—Regreso por la noche.

Hege asintió.

Esto marchaba con buen rumbo.

Mattis se sentó en la bancada, dejó a un lado los remos preparados…, y ya era tan solo cuestión de esperar.

En este lado del lago no había nadie que hiciese ademán de querer cruzar. Pero tenía dos orillas que atender, así que al cabo de un rato remó lago adentro. No tenía ningún horario fijo al que atenerse, y era emocionante probar el bote tras todos los remiendos. Y algo todavía mejor era que, por fin, había conseguido un trabajo fijo. Ya no tenía que esperar una oferta por misericordia en las granjas, no más jornadas laborales imposibles junto a los fuertes y hábiles. Sí, y además, un trabajo *así*, pensaba dando largas paladas. En cuanto haya ganado lo suficiente para un bote nuevo, dejaré de usar este armatoste. Cuanto mejor sea el bote, más serán los que quieran navegar conmigo. Entonces quizá vengan también aquellas a quienes *preferiría* llevar.

Remaba en línea recta. Los pensamientos no se desviaban. Será que he nacido para remar en un lago, se dijo. Yo, que he desperdiciado el tiempo en tantas otras cosas.

Igual puedo remar hasta el otro extremo y esperar allá un rato.

Pero cuando tocó tierra junto a las azuladas laderas al oeste, tampoco había nadie esperando. Bueno, era de lo más natural, dado que era el primer día. La gente debía enterarse de que había aquí un barquero, antes de presentarse.

Se deslizó suavemente a lo largo de la ribera para ver si algún camino emergía del bosque y conducía a la orilla. No. Tendría que esperar sin camino alguno; en algún que otro lugar donde resultase conveniente llevar el bote a tierra. El barquero siempre debe esperar, había dicho Hege.

Mattis estaba de buen humor, recostado satisfecho en el fondo del bote, dejando que el sol le bañase el rostro. El bote olía fuerte y bien, a nuevos trapos embreados que habían sido adheridos y sujetados con clavos la tarde anterior. La orilla abrasada por el sol olía levemente, y resultaba agradable, a su manera.

Mattis se estiró de puro placer.

¡Y encima estoy trabajando a jornada completa! Mientras estoy aquí tumbado, vagueando.

No pudo evitar reírse.

Nadie apareció por mucho que permaneciese tumbado, por lo que deslizó de nuevo el bote en el agua y enfiló hacia la orilla cercana a la casa. Porque bien podría haber alguien ahí sentado, esperando. Con el tiempo esta novedad llegaría a conocerse, cuando la gente se diese cuenta de que remaba en línea recta, siguiendo una especie de ruta.

Así es esto de ser barquero, uno debe estar en todas partes al mismo tiempo; pero ¿cómo logra uno eso?

Le gustaba susurrar la palabra *barquero*; eso era él ahora, y no sonaba nada mal. Apuesto a que aquí no hay barquero alguno que reme en una línea más recta. Más recto que recto no puede ser. Una pena que las estelas de la quilla desaparezcan tan pronto, deberían permanecer como rastros durante días.

En la orilla del lado de casa tampoco había nadie..., cuando por fin llegó ahí. Podría resultar tentador tomarse cinco minutos ahora, darse una vuelta por donde Hege, pero se resistió. Permaneció lealmente en la orilla y se comió sus rebanadas de pan. Esta vez Hege no tendría nada que decirle, ya no sería una carga para ella, estaba aquí, comiéndose su almuerzo.

¡Shhh!

Escuchó con atención.

En realidad, había estado alerta desde antes. ¿No se oía ahora un grito de llamada desde las colinas occidentales? Dejó de masticar para oír mejor. Escuchó durante un buen rato, con la boca llena de pan. ¡Uy, no! No se podría escuchar una llamada a través de un lago tan ancho. Sin embargo, ¡se oía un grito!

Mattis se puso a remar sin más. ¿No había algo familiar en ese grito? Podría ser Hege, de no ser porque eso era imposible, dado que Hege se encontraba justo en este mismo lado.

Hege llama... lejos desde el otro lado..., murmuró y se detuvo de repente.

¿Están llamando?

¡En mi primer día llaman así! El que pueda lanzar un grito a través de un lago tan grande es quien más miedo me da. Sí, pero *es* Hege...

Disparates.

Menos mal que no es de noche. Pero en las noches más oscuras también deben salir los barqueros. Se los reclama tanto en la oscuridad como a la luz del día.

En todo caso, ahora ya no se oían más gritos. Mattis se esforzó por remar, y llegó sudando tras todo aquel trajín bajo el sol abrasador. No importaba. Él servía para hacer estos transbordos, eso era lo más importante. Los pensamientos mantenían los remos en su lugar.

Pero no había nadie. No se veía ni se escuchaba a nadie. Las colinas occidentales eran vastas, suaves cerros boscosos, y finalmente se alzaban a gran altura. Todo era bosque, ni una sola casa en aquel lugar. Tampoco vivía nadie más allá de las cumbres más altas, no había más que mesetas despobladas.

¿Quién había llamado?

Nadie, evidentemente; no se puede llamar desde el otro lado, dijo severamente. Pero esto en realidad no cuadraba. Mattis se tomaba el empleo de barquero tan en serio que pronto debería aparecer alguien saliendo de los cerros. Los barqueros estaban obligados a encontrar gente así. Las colinas permanecieron desiertas. ¿Quién era el que llamaba con tanta fuerza que su voz llegaba más lejos que la del más común de los hombres?

¿Quizá fuera el propio barquero el que debía anunciarse? Se puso de pie en el bote y lanzó un asustado y vociferante «¡Ey!»; puesto que era su trabajo el hacerlo.

Un eco contestó, nadie más.

—¡Estoy aquí! —gritó Mattis a las colinas ciegas que albergaban miles de secretos.

No, nadie se manifestó. En este lado nadie necesitaba una travesía.

Esto no estaba bien.

Sí, pero Hege justo ha dicho que el trabajo consistía en quedarse esperando, trató de consolarse.

¡Sí, pero me han llamado a gritos!

Escuchó con tanta atención que pareció como si todo lo demás se quedase en silencio y se convirtiese en un susurro apenas audible.

Entonces se oyó un grito de la otra orilla. Desde la orilla del lado de casa. Ese vozarrón que no se preocupaba por la distancia. Y como antes, era con la solitaria voz de Hege. Pedía una travesía, o lo que fuese.

—¡De acuerdo! —contestó temblando, y viró su miserable bote—. ¡Pero está lejos!

Debe ser porque es el primer día, pensó aturdido.

De nuevo estaba en camino. Iba más bien despacio, pues tampoco podía remar a toda prisa constantemente. No obstante, todos podrán cruzar, prometió.

Aún mantenía un rumbo completamente recto. No tenía problema con las manos. Tiró y aflojó con los remos, regresó a la orilla del lado de casa, y constató con horror que no había nadie esperándolo allí. Solo el usual y conocido lugar vacío bajo la colina y la casa. Tuvo que tragar saliva, pues esto lo llenó de pavor. Aquellas conocidas orillas le llenaban de pavor y desasosiego. Así que solo había una cosa que hacer: ir a casa con Hege. Descartó la idea de que realmente hubiese sido ella quien le llamaba.

Mattis amarró el bote y se apresuró a subir por la cuesta. No tenía ganas de mirar hacia atrás.

Hege estaba trabajando, con la mayor calma del mundo. No se le notaba ningún disgusto por el hecho de que su hermano regresase antes de tiempo, y dijo absorta:

—¡Ah! Ahí estás.

—¡No es lo que piensas! —dijo—. Hoy ocurre algo extraño en el lago.

—¿Algo extraño?

—¡*Tú* estabas gritando allí abajo! —exclamó, agitado—. ¿Qué me dices a eso?

—No digas disparates, Mattis.

—Tan pronto estoy en *un* lado, ¡gritan desde el otro! Y es tu voz. A través del lago. ¿Acaso eso es normal?

—No hay gritos —dijo ella rápidamente. Esto no le gustaba, era evidente.

—Pero yo los oigo muy bien —dijo Mattis.

—Solo es que estás demasiado entusiasmado con este trasbordador tuyo, y te imaginas que escuchas cosas. Tampoco debes escuchar con demasiada insistencia. Regresa al bote, como si no pasara nada. Todo va bien en el lago.

Las palabras de Hege lo tranquilizaron.

—No pretendía abandonarlo.

—Eso ya lo sé. Ahora vete.

Reconfortado, bajó de nuevo al lago. Sin embargo, aun antes de llegar al bote escuchó todo tipo de sonidos extraños. Y por encima de todo apareció aquello que *quería* escuchar: la llamada, imperativa y demandante, de la voz de Hege, igual que antes.

Debe de ser porque he conseguido un trabajo fijo por primera vez en mi vida, pensó. Por ese motivo no controlo todo lo que oigo. Eso también lo ha dicho Hege.

Y lo que deseaba era que lo llamasen para hacer una travesía. No podía entender por qué no veía a los que llamaban, pero eso cambiaría pronto.

Era duro. Quieren comprobar lo que valgo el primer día, pensó. ¡Y por supuesto que voy a ir!

Dio la vuelta al bote y se dirigió hacia las alejadas colinas occidentales, una nueva travesía agotadora.

No se oían las llamadas.

Finalmente se encontró bajo los cerros, con los brazos doloridos. Esta vez estaba preparado para las orillas vacías y todo lo que pudiese amedrentarle. El día había comenzado entre risas; ahora este se había vuelto más bien tenso y arduo.

Pero una prueba era una prueba; el bote rozó el fondo, y Mattis se levantó, siendo capaz de lograr cosas impensadas.

Se volvió hacia lo desconocido en aquella orilla desierta para interpelar:

—¡Ahora llamad, si es que estáis aquí! —gritó a todo pulmón hacia las colinas. Estaba agotado y aturdido por la tensión; se estiró para alcanzar toda su máxima altura y erguirse más que de costumbre, sosteniéndose con los remos, listo para darse impulso y alejarse precipitadamente si lo que venía resultaba demasiado desagradable.

—¡Sal de ahí! —dijo.

Nadie apareció. Las colinas poseían miles de escondrijos. Se alteró, tornándose lívido y sintiéndose asustado, pues nadie aparecía.

—¡Aquí estoy! —gritó. Su pobre cabeza ya no lo soportaba más.

—¡Sí! —contestaron finalmente. Muy arriba, en el cerro boscoso. Un solitario «sí».

Mattis retrocedió como si se hubiese quemado. Esta no era Hege, y tampoco era ninguna voz fruto de su imaginación; era una persona como él, una voz masculina.

¿A quién habré llamado?

A un ser humano, en todo caso.

Ahora había silencio allí arriba, pero un hombre bajaba por la pendiente.

Mattis permaneció como antes, listo para huir sin aviso previo. Nadie le había dicho que esto no fuese la tarea propia de un barquero. Arrastró el bote hacia el agua y lo dejó meciéndose junto a la orilla, con los remos alzados.

Supongo que los barqueros deben permanecer así más de una vez, se dijo a modo de excusa.

¡Oh, no!, pensaba de vez en cuando. ¡Oh, no!

Mientras tanto, el desconocido descendía por la ladera, oculto por el bosque. Después de todo el griterío, esto también le resultó aterrador, a pesar de que debería haber sido de lo más natural. Pero seguramente era una prueba, y Mattis quería superarla.

—¡Aquí! —gritó a modo de orientación.

—De acuerdo —sonó la respuesta, mucho más cerca que antes.

Una voz masculina.

Ahí estaba.

De pronto emergió un hombre entre los arbustos más cercanos y se detuvo en la orilla. Clavó los ojos en Mattis, saludó con la mano y se acercó.

Al principio, Mattis permaneció sentado, dejando que el ridículo sobresalto se disipase, como la lluvia goteando de un sombrero. ¿Qué había esperado ver?

El que se acercaba era tan ordinario como cualquiera: un hombre con una mochila. Mattis dejó que la popa del bote hiciese contacto con tierra de modo que resultase más fácil embarcar. Era maravilloso ser barquero por vez primera.

—Estabas buscando al barquero, ¿no? —dijo entusiasmado, antes de que el extraño dijese nada—. Soy yo quien tiene ese trabajo aquí, en el lago.

El forastero parecía satisfecho.

—Sí, todo ha salido muy bien —repuso—. Decidí echarme a andar y cruzar la montaña hoy, dado que hacía buen tiempo, y ya desde aquí pensaba rodear el lago hasta encontrarme con gente; esa era la idea. Contaba con que hubiese alguien que me llevara a remo al otro lado, si le pagaba. No sabía que este lado estuviese *tan* desierto, jamás he estado por aquí.

—A partir de hoy hay un barquero fijo por aquí —dijo Mattis—. Es justamente mi primer día. Y tú eres el primero al que llevo. ¿Quieres cruzar recto al otro lado? Justo enfrente es donde está mi casa. Hege también vive allí, claro.

Mattis estaba tan contento que olvidó explicarse con mayor precisión. El hombre tampoco pareció preocuparse por ello.

—Me da lo mismo —dijo el extraño, un poco contrariado por la pregunta—. Pero rema por donde sea más rápido llegar. Si es que este bote aguanta a dos personas, vaya. No estoy tan seguro. Yo no lo llamaría un trasbordador precisamente.

Mientras hablaba despectivamente del bote, subió a bordo y se quitó la pesada mochila. El mango de un hacha sobresalía de la solapa; seguramente era un leñador que venía en busca de trabajo. ¿Un brioso leñador, con músculos que desgarraban la camisa, quizá? Eso era lo que parecía.

—Para con eso que dices del bote —dijo Mattis—. No he podido juntar dinero para un nuevo bote cuando tú eres el primero al que llevo, ¿verdad? Aún no he ganado ni un centavo.

—¿De qué vives, entonces? —dijo el hombre, sin querer ninguna respuesta, mientras se giraba a un lado y se dejaba llevar a remo. Mattis podía examinarlo en detalle. Su acento denotaba que venía de muy lejos. Podría tener la edad de Mattis, o quizá era algo mayor. Su rostro no era apuesto ni nada, simplemente ahí estaba. A juzgar por la vestimenta, no era ningún vagabundo. Todo estaba en orden. Lo primero que uno podía constatar era que pertenecía al grupo de los fuertes y sabios; todos lo eran, al parecer. Por lo demás Mattis remaba, contento.

—¿Cuántos años tienes? —preguntó.

—Cuarenta y tres, ¿por qué?

—No, por nada —dijo Mattis, queriendo decir su propia edad, pero el tono del otro hombre se lo impidió.

—¡Ya lo sabía! —dijo el forastero, repentinamente molesto, recogiendo la mochila que ahora chapoteaba en el agua. El bote había sido calafateado hacía poco, pero por lo visto solo lo suficiente como para transportar a una persona; con dos, surgían nuevas grietas bajo la superficie del agua, al mismo tiempo que la presión se incrementaba.

Mattis no se atrevió a decir nada en su defensa. El bote hacía agua y aquel hombre sabio había reaccionado con bastante agudeza. Mattis se precipitó a formular una pregunta:

—¿Te habías perdido, dado que bajaste por un lugar donde no hay camino?

El extraño ya se lo había explicado antes, pero ahora contestó con una sonrisa burlona:

—No me habré perdido, porque he llegado justo adonde estaba el barquero.

¡Uh! Este era avispado de verdad. Añadió:

—¿Tienes un achicador, o algo que se le parezca? Pues no es que nos vayamos a echar a nadar, ¿no?

Mattis agachó la cabeza. El bote era un desastre. El achicador apareció, y el hombre se puso a sacar agua, muy enfadado. Mattis remaba cansado y con lentitud, pero mantenía el rumbo.

Llegaron al otro lado. Justo antes de tocar tierra, el hombre abrió la boca, algo que no había hecho en mucho rato.

—¿Puedes ayudarme a buscar alojamiento para esta noche? Estoy cansado, así que no tengo ganas de caminar lejos.

Cuando dijo esto último, sonó casi como un reproche contra Mattis, que había tardado tanto tiempo en cruzar el lago.

—Puedes quedarte con nosotros, dado que el bote hacía tanta agua —murmuró Mattis avergonzado.

—¿Y dónde es eso?

—Es aquí mismo —dijo Mattis, señalando la cabaña situada en la hondonada.

—Vale —dijo el hombre algo más amistoso—, esa sería la mejor solución, si fuese posible.

—¿Sería la mejor solución? —repitió Mattis. De golpe cambió su actitud hacia el hombre.

—He venido para buscar trabajo de leñador —le contó el forastero, dado que él también se había tornado más amigable.

Llegaron, y entonces aquel hombre avispado vio, sin duda, que se trataba de una vivienda humilde. Sus ojos se tornaron al mismo tiempo hacia Mattis. Hege estaba sentada fuera, con su labor. Los miró extrañada, amable.

—A este lo he cruzado a remo —dijo Mattis—. ¡En mi primer día! Pero ahora también estoy cansado.

—Buenas tardes —dijo el hombre—. ¿Es cierto que puedo hospedarme aquí esta noche?

—Ya le he prometido hospedaje —dijo Mattis, que también quería ser partícipe de esto—. Puede quedarse en el desván, pues está vacío, ¿no?

Hege se quedó perpleja. Esto era algo nuevo. Parecía gustarle la idea, y observaba al viajero con una mirada amistosa e intrigada.

—También le he prometido comida —dijo Mattis, aunque en realidad no lo había hecho.

—¿Os conocéis, quizá? —le preguntó Hege a su hermano.

—No —dijo el hombre.

—No, no ha dicho nada en todo el trayecto —le contó Mattis—, ni siquiera su nombre. Tuvo que achicar agua.

El hombre dio un paso al frente y dijo llamarse Jørgen.

—Pero llevo comida en la mochila —dijo—, no debéis pensar en eso.

—¡Le he prometido comida! —dijo Mattis, obstinado.

Hospedaje, comida, ¿quizá incluso instalarse aquí? Hege estaba animada y confundida a la vez. Mattis empezó a sentirse orgulloso de ser el responsable de todo aquello, siguió a Hege dentro de la cabaña y le contó más detalles sobre Jørgen.

—También es avispado —declaró—. ¿No estarás enfadada conmigo por esto, Hege?

Mattis estaba simplemente tanteando, pues veía claramente que Hege no estaba enfadada en absoluto. Parecía intrigada, impactada por algo, se movía de otro modo por la estancia.

—Quizá consiga otro pasajero mañana —dijo Mattis—. ¡Podría volver a casa contigo con alguien nuevo cada día! Pero es agotador, ya te digo.

Hege ascendió trepando la escalera para preparar el desván. Mattis se sentó junto a Jørgen abajo. Ninguno de los dos dijo nada. Mattis estaba tan cansado que se tambaleaba.

29

Jørgen no acabaría yéndose de la casa tan pronto. Consiguió trabajo como leñador de inmediato, en las cercanías; así que pronto preguntó si podía quedarse a vivir en la habitación del desván. Mattis y Hege dijeron que sí con gusto y asombro. Sobre todo Hege.

Hege ya era diferente, Mattis lo notaba claramente, y también notaba que él mismo era distinto.

Jørgen tenía un talante brusco. Cuando volvía a casa del bosque, trasteaba un poco en la cocina, preparándose la comida. Después trepaba la escalera hasta su propia habitación y descansaba. No intentaba relacionarse con los demás. Pero los hermanos seguían asombrados. Había aparecido una persona y quería quedarse con ellos.

Mattis, además, tenía su trabajo de barquero.

Cada día desempeñaba su labor. Pero no volvió a repetirse lo del primer día; de hecho, no apareció nadie que quisiese cruzar al otro lado. En ocasiones, las barcas a motor zumbaban rumbo a las colinas occidentales y regresaban para irse después a otro lado, era algo que sucedía completamente fuera del mundo de Mattis. Mattis era un auténtico barquero con un bote de remos y estaba en activo aun cuando no llevaba a nadie; y ya no se perdía en disparates y gritos imaginarios. Enseguida aprendió a tenderse a dormitar en alguna orilla, mientras esperaba. Realizaba un par de travesías al día, si no soplaba demasiado viento. De todas formas, el bote era adecuado para *una* persona; en ese caso se mantenía decentemente impermeable. Era maravilloso tener un trabajo que podía desempeñar, y que Hege aprobaba. Que no apareciese nadie que quisiese cruzar no era su culpa.

La única desventaja era que no ganaba ni un centavo para su nuevo bote, pero eso podía arreglarse. Cada nuevo día podía traer un gran número de travesías.

Además, Jørgen se había instalado con ellos, y parecía querer quedarse.

Mattis lo dijo un día:

—Ahora somos como los demás.

Hege se lo tomó a mal:

—¡No digas esos disparates! Siempre hemos sido como los demás, tanto antes como ahora.

—Sí —dijo él, dócil.

—No quiero oír ese tipo de comentarios, Mattis.

Hege era diferente de muchas maneras, percibía Mattis. Ya no era tan amable con él como antes. De vez en cuando lo miraba con un gesto que él no lograba descifrar.

—¡Uf! No te comportes así —decía ella sin tapujos, cuando Mattis hacía algo que no era tan avispado como podría haberlo sido.

—¿Qué te pasa últimamente? —preguntaba él, desdichado—. ¿Por qué estás de mal humor? Yo soy el mismo que antes, pero tú estás malhumorada.

Ella se encogía de hombros.

—Disparates.

—Yo me esperaba otra cosa muy diferente —decía Mattis mirándola fijamente—. Que no estuvieses de mal humor para nada, eso esperaba yo, vaya.

—Mejor di lo que estás pensando, Mattis. No te entiendo.

—¿Tengo que decirlo ahora mismo? —preguntaba inseguro y reacio.

—No, pero entonces basta de disparates.

Ambos se retiraban.

Mattis se percataba también de cómo Hege se dirigía a ese sabio y fuerte leñador. Jørgen, por su parte, solo pasaba de largo oliendo a bosque, no decía nada, o a lo sumo hacía algún comentario sobre el tiempo. Por las tardes regresaba, trayendo consigo el bosque a casa. Hege le preguntaba si debía ayudarlo con esto o lo otro en la cocina. No, él estaba acostumbrado a hacerlo él mismo. Y así Hege tenía que retirarse. El hombre tampoco contaba nada sobre sí mismo. Si se hacía referencia a *eso*, hacía como que no lo oía. O decía: ¿Y qué más da? Yo no he hecho nada malo.

Hege lo miraba furtivamente. Mattis se daba cuenta de cómo se le cambiaba la cara a Hege, se tornaba pletórica y expresiva..., y se irritaba por cualquier cosa.

—Yo me esperaba otra cosa muy distinta —le decía él.

30

Día tras día Mattis hacía la misma travesía. No venía nadie a quien llevar al otro lado. Sin embargo, los barqueros deben permanecer en su puesto y aguardar.

No le disgustaba. En cambio, cada vez le gustaba menos su hermana. Cada día lo vigilaba más. Casi todo lo que él hacía o decía le parecía enrevesado. Tan pronto como estaban solos, lo fastidiaba.

—¡Uf! —decía sin parar—, no es así como se hace, intenta recordarlo.

Hege iba mejor vestida que antes. Mattis veía que se arreglaba con frecuencia, en vez de dedicar cada minuto a sus rosas de ocho pétalos.

Mattis notó que iba mejorando su aspecto, y eso no le disgustó en absoluto. Las mujeres *tenían* buen aspecto. Aun así, todo esto le causaba inquietud.

—¿Vas a salir?

Ella se sobresaltó, tan inmersa en sus propios pensamientos como estaba.

—No.

—¿Entonces por qué te arreglas?

—Por nada.

»No puedo dar un solo paso sin que me sigas pegado como una lapa —añadió ella.

Se sintió avergonzado, pues lo que decía era cierto.

Pero quería lucir más guapa de lo que lo había hecho antes, eso quería ella. Se arreglaba para el leñador. ¿Por qué? ¡No quiero pensarlo!, afirmó.

Al parecer, aquello no surtía ningún efecto en Jørgen. Esto alegraba a Mattis. Jørgen trabajaba en el bosque, se ocupaba de las cosas de casa y permanecía encerrado en sí mismo todo el tiempo.

No hay ningún peligro.

No quiero ni pensarlo.

Mattis se lo sacudió de encima con ambas manos.

Una tarde de sábado Jørgen descendió la escalera a gran velocidad, hacia Mattis. Mattis había pasado el día con el bote vacío, como de costumbre. Fue después de la cena. Mattis estaba sentado en la sala, Hege se encontraba en su alcoba. Seguro que está frente al espejo, pensó Mattis reacio. Fuera brillaba la luna. Entonces Jørgen bajó a toda prisa del desván, por lo que Mattis contuvo el aliento.

Jørgen se le acercó.

—¡Creo que deberías ir al lago!

Mattis se levantó.

—¿Han llamado?

En ese instante Hege entró. Arreglada.

Jørgen parecía asombrado, perplejo por algo que había escuchado:

—No lo sé seguro…, pero sí, debe de haber sido eso…, alguien que llamaba para que lo lleven a remo.

La emoción recorrió el cuerpo de Mattis.

—Por fin ha ocurrido —dijo en voz baja.

Jørgen lo miró con apremio.

Así que ahora había llegado la travesía nocturna que Mattis había temido y se había imaginado una y otra vez. Como barquero que era, tenía que estar preparado.

—Supongo que habrás oído bien, Jørgen —dijo—, pues sabía que en algún momento tendría que salir a llevar a alguien de noche. Hege también me lo ha dicho.

Por vieja costumbre miró a Hege. Ella le dio la espalda, se acercó velozmente a la ventana para contemplar la luz de la luna.

—Uy, vaya, los barqueros nunca libráis —dijo Jørgen—, cuando os llaman, debéis acudir.

Mattis asintió. Se preparó ceremoniosamente, enfundándose un jersey abrigado y otras prendas. Entonces se plantó frente a Jørgen, y frente a las espaldas de Hege.

—Ya veremos cuándo regreso, más no puedo decir al respecto. Seguramente no sea demasiado pronto.

—No, pues has de cruzar al otro lado —dijo Jørgen—, si es que no hay nadie aquí abajo.

Mattis salió a zancadas.

Estaba asustado. Pero prefería no escabullirse justo frente a los ojos de Jørgen. Saldría al lago, Jørgen debía verlo.

Afuera resplandecía una luna otoñal de color rojo sangre sobre la hierba verde. De una belleza indescriptible. Mattis se percató, pero no tuvo tiempo de detenerse a pensar en ello, fue directo al bote. No había nadie esperando, y tampoco se escuchaba a nadie; había salido a petición de Jørgen. Jørgen era tan avispado que seguramente había escuchado bien.

Soplaba una brisa ligera. Pequeñas olas chapoteaban sobre las piedras y destellaban bajo la luz de la luna.

¿Y si el bote no aguanta? Cuando Jørgen cruzó, aguantó por los pelos. Desde entonces, nadie ha subido a bordo, excepto yo.

Entonces tendrá que achicar, el que venga, *sea quien sea*. Porque ese no puede ser alguien normal y corriente, pensó.

Cualquier cosa se puede esperar de los que llaman al barquero por la noche. Pero sea quien sea, yo voy a remar *en línea recta*, ya lo verá. ¡Todos lo verán!, se dijo Mattis tozudo, y comenzó a remar.

Afuera, en el lago, la luna rojiza parecía haber menguado. Pero todo era tan hermoso que uno podría haber considerado ser barquero nocturno toda la vida, y luego dormir durante el día.

Mattis dejó que los remos descansaran un poco, con sus palas centelleantes suspendidas sobre el agua. Escuchó atento hacia las orillas. Comenzó a remar de nuevo. Remaría lentamente hasta que no oyese de qué lado le llamaban.

La llamada no llegó. Pero seguro que se trataba de las colinas occidentales, aseveró. Puso rumbo hacia allí. El tiempo transcurría; antes de acabar siquiera de pensarlo, ya estaba casi bajo las colinas. Había atravesado el lago sin escuchar sonido alguno.

Bajo las colinas, una pesadez se apoderó de él, casi como la que solía preceder a una tormenta. Sin embargo, siguió remando hasta que el bote rozó el fondo arenoso.

Ahora debo anunciar que estoy aquí.

No, no me atrevo. Bastante es que haya remado en la noche agreste.

Pero la voz que retumbaba en todos los barqueros dijo: Debes hacerlo, Mattis. Anuncia tu llegada. Para algo eres el barquero.

Temblando profirió un «¡E-a!» con un extraño quiebre de la voz. También le corrió un sudor frío por la frente. Se encogió en la bancada en lugar de erguirse enhiesto y fuerte y ponerse a dar voces.

Ahora no habría muchos que quisiesen estar en mi lugar, pensó.

Las colinas permanecieron mudas.

Grita una vez más, Mattis, o…

—¡Ea! —manifestó miserablemente.

Entonces un pájaro nocturno graznó entre los árboles.

En el estado de ánimo en que se encontraba Mattis, no hizo falta nada más. Zambulló bruscamente los remos en el agua y comenzó a remar de nuevo lago adentro, salpicando a diestro y siniestro, con el terror sacudiéndole el cuerpo. Remó sin pensamiento alguno, hasta detenerse ya muy adentro del lago, mientras el pánico comenzaba a ceder. Permaneció sentado un rato, recobrando el aliento.

En todo caso, aquí no había nadie a quien llevar. Nos han engañado, tanto a Jørgen como a mí, pensó. ¿Quién es el que nos engaña?

Retomó la travesía a casa remando de forma lenta y pausada, profundamente desconcertado. A su alrededor, la noche lucía igual de hermosa.

Ya muy entrada la noche, Hege salió sola a su encuentro junto a los escalones de la cabaña. ¿No se había acostado aún? ¿Qué estaba ocurriendo? Allí estaba ella, completamente vestida.

—¿Pasa algo, Hege?

Ella negó con la cabeza.

—Qué bien que por fin hayas vuelto —dijo ella.

Se había quedado levantada por él, intranquila. Eso hizo que una sensación agradable le recorriese por dentro.

La siguió al interior de la cabaña, donde alumbraba una lámpara. Y se detuvo de golpe: a la luz de la luna no lo había notado, pero ahora podía ver cómo el rostro de Hege brillaba de pura felicidad.

—Mattis —dijo, como quien no quiere la cosa.

—¿Qué ocurre?

—No sé —dijo ella.

Él se sintió en paz y agradecido, pues tenía una buena hermana que le aguardaba hasta que volvía entero e intacto de los azares del lago.

—Podrías haberte acostado —dijo—, no ha sido tan peligroso como parecía.

—¿Cómo? —balbuceó Hege.

»Sí, ¿qué es lo que ocurre? —preguntó a continuación. Se había vuelto tan extraña, tan ausente.

—Qué bien que me hayas esperado, en cualquier caso —dijo agradecido.

Ella asintió, pero se la veía muy extraña.

—¡No me abandones nunca! —exclamó él de repente.

Hege no contestó. Mattis tampoco pensó que fuese necesario.

31

Por la mañana, Mattis vio como Hege se volcaba todavía más en Jørgen que antes, mientras estaba en casa. Ella no veía más que a Jørgen. A Mattis no le gustó, así que se dirigió directamente al leñador, que justo se disponía a marcharse.

—No debiste escuchar bien anoche, tan solo se burlaron de mí.

—¿De veras? —dijo Jørgen.

Con esto se fue al bosque a cortar leña.

No hubo nada más, era imposible acercarse a Jørgen. Hege permaneció sentada al fondo, con los dedos de tejedora quietos, y con la mirada vigilante puesta en los dos hombres. Sin embargo, en cuanto Jørgen se marchó, sus dedos comenzaron a moverse como de costumbre.

Todo era como antes, y, sin embargo, no era como antes; Mattis se quedó cavilando y encontró la respuesta.

Necesito caramelos, pensó al cabo de un rato.

Quiso ir a por ellos de inmediato, pues realmente los necesitaba después de tantos disgustos, pero cuando mencionó el dinero y la tienda, Hege le dijo que no.

—Voy yo misma a ver al tendero ahora. Ya sabes que llevo tiempo haciéndolo.

Sí, era cierto, lo recordaba. Él había estado atareado con lo del trasbordador todos los días.

—Ahora tienes el trasbordador —continuó Hege—, con eso tienes más que suficiente. Y la gente solo curiosea y te hace preguntas cuando vas a la tienda.

—No, ¡no lo hacen!

—No, no, pero podrían hacerlo; y no les incumbe. ¿Me oyes?

Sus palabras fueron tan tajantes que él ni rechistó. Y ella se había mostrado tan insólitamente contenta cuando regresó bien a casa la noche anterior. Sí, hoy su rostro también destilaba felicidad.

Al cabo de un rato apareció con el almuerzo envuelto.

—Jørgen olvidó su comida —le dijo ella sobresaltada—. Será mejor que se la lleve.

—Eso lo puedo hacer yo —dijo Mattis—, sé perfectamente dónde está.

—No, tú debes atender tu trasbordador —dijo Hege—, no puedes dejarlo desatendido así sin más.

Entonces Mattis soltó lo que realmente pensaba:

—Es horrible lo pendiente que estás de Jørgen. Todos los santos días.

Hege se detuvo de inmediato.

—¿A qué te refieres? —preguntó para ganar tiempo.

—No me gusta —continuó Mattis—, no debes estar tan pendiente de Jørgen.

Hege rio.

—¿Y tú de quién estás pendiente, Mattis? —dijo ella, guiñándole un ojo—. ¿Qué me dices de Anna e Inger?

¡Pero eso es diferente!, estuvo a punto de decir, pero lo formuló de otro modo:

—Ah, *entonces* tú puedes mirar a Jørgen todo lo que quieras —dijo, poniéndose de buen humor. Qué avispada es, pensó: realmente se había dado cuenta de lo de Anna e Inger.

Hege se marchó al bosque con la comida, y Mattis por su parte se fue al trasbordador.

Abajo, en la orilla, a Mattis le surgieron muchos pensamientos nuevos; eran sobre ojos bajo piedras…

Hay párpado sobre párpado y piedra sobre piedra, pero nunca podrá cubrirse del todo.

La superficie del lago era extensa, la barrió con la mirada. Pensó vagamente: Socorro, Mattis.

¡Por qué!

Dio un respingo.

No, no, masculló absurdamente, y agarró los remos.

Plomo en el ala, pensó, y hay piedra sobre piedra, sobre los ojos.

32

Jørgen no se marchó; y eso tenía sus cosas buenas. En el bosque Jørgen ganaba un buen jornal, y le pagaba bien a Hege. Mattis estaba contento y disgustado a la vez, pues en lo más profundo de su ser le carcomía el miedo. Tanto lo bueno como lo malo eran su culpa: para empezar, había sido él quien había traído al leñador a casa. Los domingos estaba ansioso por saber si Jørgen vendría a sentarse con ellos, pero Jørgen permanecía arriba en la habitación del desván, o se sentaba abajo, en un lugar de la orilla del lago donde estuviera solo. Hege no lo seguía. Mattis la vigilaba atentamente.

Llegó el siguiente domingo. Jørgen estaba arriba, en el desván, como de costumbre.

Mattis estaba ansioso.

—Hege —comenzó titubeante. Quería saber más sobre lo que había entre Jørgen y ella.

Entonces ella le soltó:

—¡Estoy harta de que me estés mirando así! —dijo. Por una vez, su voz estaba llena de rabia—. ¡No puedo dar ni un paso sin que me mires! —repuso.

Sus palabras atravesaron a Mattis como un puñal. ¿Harta de él? Realmente había dicho que estaba harta de él.

Ella se arrepintió de inmediato, como siempre cuando se enfadaba. Aclaró:

—Haz como si no lo hubiera dicho, Mattis. No es cierto, no estoy harta de ti.

—¿Cómo voy a olvidarlo, si lo has dicho? —dijo Mattis horrorizado.

Hege se plantó frente a él, asustada.

—A veces hay que pedir que algo quede como si no se hubiese dicho. ¿Nunca has sentido eso? Yo no quería…

—Sé lo que es eso —dijo Mattis abrupto.

—¿Qué es lo que sabes? ¿Puedes saber algo, cuando no hay nada que saber? —contestó Hege apresurada—. No estoy harta de ti.

Es cierto que ella es muy avispada, pensó, pero en este momento él era todavía más avispado, pues estaba hablando de Jørgen, y ella bien lo sabía, no lo podía engañar. Había cavilado mucho sobre esto mientras remaba día tras día. Si ella estaba harta de él, entonces tenía que ver con Jørgen. ¡Y tenían que aclararlo, debían resolverlo ahora!

—¡Baja, Jørgen! —gritó de repente hacia el desván, en un tono de voz peligrosamente alto.

Hege exclamó:

—¡Mattis! ¿Qué forma es esa de comportarse?

—¡Baja, Jørgen!

Hege pensó que su hermano había perdido el juicio, y lo agarró del brazo para sacarlo de la habitación. Al mismo tiempo lo amenazó en voz baja y con palabras rabiosas:

—¡Cállate! ¿Estás loco? ¿Qué va a pensar de ti? ¡Ven!, vamos afuera. ¿No puedes dejar a Jørgen en paz?

—¡Jørgen!

—¡No pasa nada! —gritó Hege hacia el desván.

—Le oigo venir —dijo Mattis, y no se dejó arrastrar hacia la puerta.

En efecto, Jørgen estaba descendiendo la escalera.

Hege soltó a Mattis, se fue a su cuarto y cerró la puerta.

Jørgen entró y preguntó:

—¿Qué pasa, Mattis? Aquí me tienes.

Jørgen estaba vestido de domingo. Era un hombre elegante, un leñador impetuoso; Mattis no contestó a la pregunta, estaba de pie, más que perplejo ante su propia conducta insensata.

—¿Qué clase de juego es este? —dijo Jørgen un poco cortante, acercándose a él.

No quedaba más remedio que lanzarse una vez más:

—No puedes quedarte aquí más tiempo —dijo Mattis, acalorándose. Antes de que se diese cuenta, lo había dicho; pensarlo, lo había pensado muchísimas veces.

—¿Ah, no? ¿Qué he hecho? —dijo Jørgen. En el fondo tampoco sonaba tan enfadado, como si lo aceptase.

—¡No debes llevarte a mi hermana! —brotó de Mattis.

Jørgen permaneció impasible.

—No he pensado en llevarme a tu hermana a ninguna parte. Tampoco he pensado en irme de esta casa, justo cuando me he acomodado.

Mattis se había trabado.

—Es que Hege ya no es como era antes, y eso es culpa tuya.

—¿Cómo es eso? ¿Qué es lo que te ha dicho Hege?

—Hege no es… —comenzó Mattis, pero se detuvo. Quería decir: ya no es amable, pero lo tradujo en—: ¡Simplemente no es como antes!

El leñador se descuidó y soltó una risita.

La risa tuvo un efecto inmediato; indignó a Mattis sobremanera, desató una avalancha de pensamientos y, sin más, este se puso a insultar a ese hombre tan confiado de sí mismo:

—¡No hace falta que te rías! ¿Qué sabrás tú sobre lo que *yo* sé? ¿Qué sabrás tú sobre el pájaro que iba por el camino aquí arriba...? ¡Tan hermoso que no te lo puedes ni imaginar! Pero ahí estaba. Por Hege. Yo sé mucho sobre Hege, mucho. ¡Y entonces apareces tú!

Mattis sintió vértigo ante sus propias palabras; realmente tenían la intención de machacar a Jørgen de tal modo que jamás se atreviese a aparecer por allí de nuevo.

Las cosas no resultaron así.

—Sí, entonces aparecí yo —contestó Jørgen tranquilamente—. Por cierto, ¿qué ha sido de Hege?

Mattis señaló hacia la puerta de la habitación.

—¿Adónde vas? —se apresuró a decir, viendo que Jørgen se dirigía a la alcoba de Hege.

—Espera un poco, Mattis, lo mejor será hablar de esto.

Con esto Jørgen entró en la habitación, y el arrebato de Mattis pareció no haber servido de nada. Dentro del cuarto se intercambiaron algunas palabras veloces; y acto seguido tanto Hege como Jørgen aparecieron en la puerta. Jørgen, como evidente protector de Hege. Esta vez Hege miraba tímidamente a su hermano.

Jørgen rodeó a Hege, bajita y rellenita, con los brazos. A continuación, la condujo hacia Mattis. Mattis simplemente permaneció boquiabierto. Hege se había sonrojado.

—Somos buenos amigos, Hege y yo —dijo Jørgen—, es mejor que lo sepas.

Hege no opuso ninguna resistencia, se mantuvo voluntariamente entre los brazos de Jørgen; en parte contenta, en parte asustada.

Mattis preguntó agotado:

—¿Sois novios de verdad?

Hege finalmente alzó la vista. Había provisto a Mattis de tantas comidas a lo largo de los años que podía hacerlo.

—Sí, así es —le dijo. Y habiéndolo pensado o sin pensarlo siquiera, se le iluminó el rostro con una gran sonrisa, la más grande que Mattis recordaba haber visto en ella jamás.

Entonces sonrió de otro modo, y le dijo:

—Y además fuiste tú quien me lo trajo remando, ¿te acuerdas?

Mattis no logró digerirlo, porque le sobrevino un terror súbito: había perdido a Hege.

—¿Cuándo os hicisteis novios, a ver? —preguntó, endeble y exigente al mismo tiempo.

—Nos hicimos novios mientras tú remabas.

Mattis vio lo feliz que estaba Hege en los brazos de Jørgen. Su rostro apenas resultaba reconocible, sin cansancio, nada huraño, sin pena alguna. Estaba completamente sobrepasado por todo aquello; al principio se sintió inclinado a alegrarse, pero entonces se percató de la verdad: había perdido a Hege.

No, no.

Bien puedes verlo. La has perdido.

—¿Por qué no me lo has dicho antes, Hege? —interpuso al fin.

—Debía ser algo seguro primero —dijo Hege—. Pero ahora también lo has averiguado tú mismo, has sido avispado.

Se estremeció ante estas palabras de elogio que ella usaba para tranquilizarlo. Le hicieron retorcerse. Hizo una pregunta que le resultaba vital:

—¿Vas a marcharte de aquí?

—¿Y eso por qué lo dices?

—¡Porque no te has atrevido a contármelo!

—En absoluto —dijo Hege con determinación—, no nos vamos a ir. Aquí también hay lugar para Jørgen. Todo volverá a ser como antes.

Mattis apenas se atrevía a creerlo, le habían ocultado tantas cosas. Dijo desde lo más profundo:

—Ojalá nunca hubiese empezado como barquero.

—Cálmate —dijo Hege—, remar todo el día en el lago es un buen trabajo.

—¡Pero Jørgen es el único al que he llevado! ¡Ojalá nunca hubiese empezado con esto!

Entonces tomó la palabra el parco de Jørgen:

—Pueden venir otros —dijo.

Mattis simplemente se estremeció. Jørgen añadió:

—Uno nunca sabe lo que puede aparecer en el lago, ¿sabes?

Mattis pensó que ahora podía permitirse ser severo y duro como una piedra:

—Ojalá nunca…

No logró decir nada más, pues Hege intervino antes de que él pudiese dictar sentencia y destruir algo. Fue directamente hacia su hermano e hizo algo que nunca había hecho, que él recordase: lo abrazó, colocando los brazos en torno a él de tal modo que él pudo sentirlos. Su rostro lucía extraño. Y entonces dijo:

—Bendito seas, Mattis, por haberte hecho barquero.

Ella lo soltó rápidamente, medio avergonzada, y se hizo a un lado, colocándose junto a Jørgen.

Mattis tuvo que preguntarse: ¿por qué entonces ha sido tan arisca conmigo desde que ella y Jørgen se hicieron novios? ¿Debía preguntárselo? No.

—Bueno, entonces hay muchos tipos de novios —declaró en su lugar, desviándose un poco del tema.

Los dos lo miraron, vigilantes. ¿Había sido demasiado sabio para ellos esta vez?, se preguntó. Hege interpeló:

—¿Qué quieres decir con eso?

—No es la primera vez que veo unos novios —dijo Mattis—, solo eso... En primavera escardé nabos junto a una pareja, y andaban pellizcándose las piernas el uno al otro todo el tiempo.

Hege y Jørgen se pusieron de buen humor. Bajaron la guardia.

—Eran más jóvenes —dijo Hege—, por eso se pellizcaban el uno al otro.

Jørgen permaneció callado.

—Eran amables también, todo el rato —dijo Mattis.

Hege repuso:

—Sí, imagino que también eran amables.

—Entonces, tú ¿por qué has estado tan arisca?

Acabó soltándolo de todos modos, porque Hege había dicho lo que había dicho. No podía retirarlo. Además, bien podía quedar dicho.

Hege pestañeó un tanto perpleja. Trató entonces de disimular, sin mucho éxito:

—¿Arisca? Yo no he estado arisca.

Esa no era respuesta alguna; Mattis la había dejado sin réplica, podía verlo. Mientras se sentía fuerte y por encima, añadió:

—Bajo al bote. ¡Sobre esto debo reflexionar mucho más!

—Vale —dijo Hege.

Se fue de inmediato.

Al bajar la cuesta se detuvo, caviló, ascendió algunos pasos, no; descendió de nuevo.

Tú, la más becada de mis pájaros, surgió en su fuero interno.

No empujó el bote hasta el agua, sino que se acomodó en la orilla junto a él, percibiendo el agradable olor a brea. Sin embargo, contempló desganado el bote, pensando: ¿quién tenía más culpa en lo sucedido con Jørgen, el bote o él mismo? Sin el otro, ninguno de los dos podría haber traído a Jørgen hasta aquí.

33

El primer cambio en la casa tras el importante anuncio fue que Hege se iba abiertamente con Jørgen cuando este descansaba por la tarde. Y Mattis se percataba de lo contenta y feliz que lucía su hermana. Comprendía que él también debía estar contento y feliz, pero no era capaz, tenía miedo.

Se aventuró a preguntar:

—¿Qué vais a hacer? ¿Vais a seguir aquí?

—No decidiremos nada al respecto aún en mucho tiempo —respondió Hege—. Por ahora, dejaremos las cosas como están.

—¡¿Pero cuándo vais a saberlo?!

—Ya lo veremos. Tómatelo con calma, Mattis.

¿Acaso no comprendía ella lo asustado que estaba? ¿Qué iba a hacer el día en que ella decidiese seguir su camino, y ya no estuviese junto a él? Nunca había vivido o conocido otra cosa que no fuese tener a Hege a su lado.

—Y luego el pájaro que estaba en el camino —comenzó, pero no pudo seguir.

—¿Al que dispararon? ¿Qué le pasa?

—No, ese solo recibió plomo.

—Mattis, no pienses tanto en esos pájaros, deja a los pájaros en paz —dijo ella sin pesadumbre, como si estuviese a punto de canturrear al final. No lo hizo, pues la mirada de Mattis la detuvo de golpe.

Él dijo con seriedad:

—No te comprendo.

Todo el canturreo desapareció, y Hege dijo de forma contundente:

—Compórtate. Compórtate como un hombre adulto, Mattis. Piensa un poco, tal y como corresponde a un hombre adulto.

—¿Y eso qué quiere decir? —preguntó tenso.

—Piensa un poco en los demás también —dijo ella—. Eso hay que hacerlo, cuando se es adulto.

—¿En los demás? —preguntó desvalido, causándole estupefacción. Ella no le respondió.

Se fue a remar. Ya es hora de que alguien me llame en el lago, pensó. Algo ha de ocurrir.

Comportarse como un hombre adulto, había dicho ella. Antes no usaba palabras así.

Se ocupó de calafatear el bote. Cada mañana debía repasar las juntas de brea y los remiendos. El bote nuevo se encontraba ya tan lejos en el horizonte que pronto habría desaparecido.

¿Comportarse como un hombre adulto?

Mattis reflexionó sobre aquella demanda con desconcierto.

Hege estaba tan embriagada de alegría que ya no sabía ni lo que decía, ese debía ser el motivo.

Todavía no había empujado el bote al agua; y no llegaría a hacerlo, pues escuchó un rumor en el aire.

Tormenta.

Un muro de nubes se alzó sobre las colinas. Al mismo tiempo, se oyó un leve estruendo en alguna parte.

—Bueno, solo hay una cosa que hacer —dijo—. Cuando hay tormenta, no llevar a nadie; por fortuna hice de eso una excepción.

Amarró el bote con una cuerda extra, para el caso de que el viento llegase a soplar con fuerza, resguardó los remos, y se dispuso a regresar a casa, a su acostumbrado refugio, sin pensar en nada más. Cuando había tormenta, de alguna forma quedaba libre de todos sus compromisos cotidianos. En mitad de la cuesta le sobrevinieron las palabras de Hege: ¡comportarse como un hombre adulto! Se detuvo brevemente y meditó sobre ello.

Allá arriba vio a Jørgen entrar en la cabaña. ¿Se habría lesionado en el bosque? No lo parecía. Jørgen no se había ido a talar aún, estaba en casa con Hege en plena jornada laboral.

Ya nada tiene sentido, pensó Mattis. Jørgen no corta leña y Hege no teje chaquetas de punto. Pronto seré yo el único que hace algo por aquí.

Ahora el estruendo sonaba más fuerte, eso le hizo apresurarse. Si entraba en la cabaña con Hege y Jørgen, y se quedaba ahí mientras arrasaba el temporal, entonces, ¿se comportaría como un hombre?

No, no me atrevo, admitió. Así que se fue directamente a su lugar seguro de siempre. Este temporal quizá no fuese tan terrible como la última vez, pero sí lo suficiente como para paralizarle el cuerpo. Entró en la letrina, atrancó la puerta y se tapó los oídos.

El temporal resultó ser bastante fuerte. Los truenos retumbaban afuera, y comenzó el escalofriante silbido del viento. Mattis se encogió. En ningún momento pensó en comportarse como un hombre, pues aquello era serio.

Sin embargo, en esta ocasión no se sentía lo suficientemente seguro en aquel lugar. Ni los truenos ni el ruido producido por sus dedos al taparse los oídos enmudecieron el grito de Jørgen afuera. Era una orden:

—¡Mattis! ¡Sal de ahí!

¿Salir? ¿Está loco?, pensó Mattis; no se movió, comprobó que el gancho estuviese puesto.

Fuera ordenaron:

—¡Sal, Mattis!

Mattis se dio cuenta de que ese era el tono que él había usado para llamar a Jørgen aquel día, para que bajase del desván.

Jørgen seguía dando voces afuera:

—¿Voy a tener que sacarte *a rastras* de la letrina? ¡Sal ahora mismo, Mattis!

¿Qué era esto? Apenas sonaba como Jørgen. Sacarme a rastras de la letrina, ha dicho, no dejando que me quede aquí. El estruendo afuera era tan fuerte que su rostro estaba pálido y tenía los pies paralizados, aunque de todos modos tendría que salir ahora; si no, no quedaría nada de él. Y solo porque Jørgen estaba ahí, exigiéndole que saliese.

—¡Ya voy! —gritó a través de la puerta.

Desprendió el gancho del cerrojo, y al abrir la puerta un destello le alcanzó los ojos, como si lo iluminase desde dentro; pero cruzó el umbral y salió a la hierba. El estruendo le cayó encima. La lluvia aún no se había desatado.

Apenas notó que estaba pisando la tierra; pero se topó con Jørgen justo enfrente de él. Los ojos de Mattis estaban medio cegados, vio a Jørgen a través de una neblina y, más lejos, logró divisar a Hege en la puerta de la cabaña. Hege gesticulaba y sacudía las manos hacia Jørgen, al parecer para que se alejase de allí; para evitarle esa desagradable experiencia a Mattis.

—¡Aquí estoy! —anunció Mattis sin más, y dio un paso adelante. No sentía los pies. Se encaminó hacia Jørgen, que había retrocedido un poco. Apareció un nuevo relámpago.

—¿Qué quieres, Jørgen?

Jørgen lo esperaba inmóvil y taciturno.

Mattis avanzó bajo los relámpagos y los truenos, sin desplomarse como un saco, sin taparse los oídos con los dedos, manteniendo los ojos muy abiertos, avanzó intencionadamente hacia Jørgen…, ¡se iba a enterar!

Se acercó a él y Jørgen, inmóvil, lo recibió:

—Eso ha estado bien —dijo Jørgen tan solo.

Jørgen lo dijo de manera contundente; eso percibió Mattis. Lo dijo con respeto.

Mattis temblaba, pero se mantuvo en pie. Miró a Jørgen y no supo qué sensación era más intensa: el afecto o el miedo.

—¿Qué es lo que pasa? —dijo Mattis atropelladamente—. ¡Dime qué quieres!

—Que entres y te sientes con nosotros —dijo Jørgen—, eso es todo. Pienso que ese no es lugar para que te quedes ahí.

Mattis estuvo a punto de ponerse furioso, pero con semejante tormenta no se atrevió a enfadarse. Vacilaba, pero avanzó con él. El corazón le latía salvajemente. Lo peor de la tormenta ya había pasado, el estruendo de los truenos se había atenuado.

Hege seguía parada en la puerta, se la veía intranquila por Mattis.

—Deberías dejarnos pasar —le dijo Jørgen—, ¿no crees?

Hege asintió, no sabía qué decir. Los siguió, de manera que todos quedaron reunidos adentro. Mattis miraba desamparado a esas dos personas fuertes y sabias. Sin embargo, no tenía fuerzas para sentarse con ellos, en ese momento ya no tenía fuerzas para nada más; tras la tensión llegó el revés. Mientras los truenos amainaban afuera, fue a recostarse en su camastro y cayó rendido en un sueño distendido, ausente.

34

Tras este suceso, Mattis se quedó esperando algo más de Jørgen. Que Jørgen lo buscase para otras cosas también. Uno nunca sabía lo que se le podía ocurrir a gente como Jørgen.

En su fuero interno, Mattis sentía gratitud hacia Jørgen por lo sucedido durante la tormenta. Por un momento se había comportado un poco como un hombre. Por lo demás estaba tan desconcertado como antes, y lleno de temores. Observaba cómo Hege y Jørgen estaban a gusto juntos. Cómo el rostro de Hege se iluminaba cuando Jørgen regresaba del bosque. Se percataba de muchas señales pequeñas que indicaban que Hege estaba lejos de ser la que era antes, y muy distante de su hermano.

¿Qué será de mí?

Los vigilaba...

¿Creen que me las apañaría solo?

Supongo que nunca piensan en eso.

Le preguntó directamente a Hege:

—¿Por qué me sacó Jørgen durante la tormenta?

—Quería ver cuánto podías soportar —contestó Hege—. Y soportaste más de lo que creíamos.

Mattis se estremeció al escuchar esto. ¿Ver si lo soportaba? Le alegraba haber pasado la prueba. Y esto seguramente era apenas el principio de lo que Jørgen tenía preparado para él.

Lleno de inquietud y suposiciones, se fue a remar sin rumbo en el lago. No había nadie a quien llevar; alguna que otra embarcación a motor pasaba de largo traqueteando y, en ocasiones, ponía rumbo hacia las colinas occidentales. Nadie quería saber nada del trasbordador de Mattis el barquero.

Lo único bueno es que de Jørgen aprendo cómo debo comportarme delante de las muchachas, pensó. Hay tantas cosas que no sé. Es extraño que pudiese apañármelas tan bien frente a Anna e Inger.

Aquellos benditos nombres siempre se hacían muy presentes allí afuera, en el lago. Continuó remando lenta y sinuosamente.

Pronto Mattis demandó de nuevo que le transmitiesen sus decisiones:

—¿Sabéis algo más ahora? —le preguntó a Hege, casi en tono hostil. No cabía duda de a qué se refería.

—No —contestó Hege a la ligera—, no sabemos nada. Simplemente estamos bien. ¿Por qué no puedes estar bien tú también?

Ella estaba irreconocible, parecía haber olvidado el pasado. Cuando Mattis estaba cerca de ella, y la veía tan llena de alegría…, entonces, de algún modo, podía formar parte de aquello, tornarse alegre y atrevido por fuera, incluso despreocupado.

—Podéis decírmelo —dijo.

—¿Decirte el qué?

—Podré soportarlo —dijo enigmático, mientras ardía de miedo por dentro.

Hege lo miró con vacilación, ciega como estaba. Entonces se centró en su propia felicidad, y quiso irse.

—¿Te acuerdas de *antes*? —comenzó él, pero tuvo que detenerse y alejarse sin más. Demasiados recuerdos le sobrecogían.

35

Una mañana, Jørgen se le acercó con un propósito evidente. Mattis se sobresaltó: suponía que le tocaba una nueva prueba, Jørgen seguramente lo retomaría en el punto que lo había dejado la última vez. Era una mañana fresca a principios de septiembre, con bancos de niebla flotando sobre el lago, y un cielo azul asomándose tras ellos.

Jørgen se había preparado como siempre para la jornada en el bosque, y se dirigió a Mattis:

—Vendrás una temporada conmigo al bosque, a talar árboles.

—Debo atender el trasbordador —contestó Mattis cortante.

—No hay nadie a quien llevar ahora que llega el otoño —dijo Jørgen—. Hoy puedes acompañarme al bosque.

Sonó casi como una orden, *este* era ahora el talante de Jørgen. Mattis llamó a voces a Hege, y su hermana apareció de inmediato.

—¿Tengo que ir al bosque con Jørgen?

—Ve con Jørgen, anda —dijo ella—. Si no sabes talar, él te puede enseñar. Voy a preparar el almuerzo enseguida.

Mattis se quedó desconcertado.

Los almuerzos ya no eran motivo de preocupación. El leñador traía suficiente comida a la casa, en comparación a como era antes. Mattis se dejó llevar, aunque muy reacio.

—Bien —dijo Jørgen cuando todo estuvo listo.

—¿Por qué tengo que hacer esto?
—Debes aprender a talar.
Esto le recordó a cuando lo había llamado para salir durante la tormenta. Y justo ahora que todo marchaba tan bien con el trasbordador, que tenía un trabajo fijo del que podía hacerse cargo.
De camino al bosque atravesaron la aldea; de manera que la gente viera a Mattis con el leñador, plenamente equipado. Le hizo sentirse bien, aun cuando no significase tanto como lo hubiera hecho antes, durante la primavera. No era poco lo que había cambiado durante el verano.
Tuvo que reírse.
—¿Y eso? —dijo Jørgen, poniéndose de buen humor.
—Nada, me he acordado de que no fui capaz de escardar nabos esta primavera.
—Hum —dijo Jørgen, que, dado que era recién llegado, no se había enterado de todo.
Mattis se percató.
—El islote —dijo.
—Eso no sé lo que significa —respondió entonces Jørgen, con sinceridad.
—No, imagino que no.
Tampoco se dieron más explicaciones.
Llegaron al lugar de la tala. Jørgen parecía haberse vuelto loco: había troncos esparcidos entre las ramas por todas partes. A Mattis prácticamente lo colocó junto a un tronco a medio terminar, del que debía quitar la corteza. Jørgen hacía estragos por su cuenta un poco más adelante.

Mattis lo hizo todo lo mejor que pudo, pero esto no era como sentarse en el bote y remar; aquí, en el bosque, los pensamientos se le enredaron enseguida. Esto resultaba evidente en el aspecto que iba adoptando el tronco, pues se fue haciendo visible, parecía como si lo hubiesen mordido. En el lugar donde estaba Jørgen se oían crujidos de madera, saltaban ramillas y la tierra retumbaba.

Mattis sudaba. Al fin anunció que había terminado.

Jørgen se acercó. Soltó una especie de gruñido. Por lo demás no se le notaba ningún disgusto. El tronco debía lucir realmente terrible a los ojos de un leñador.

—Tómate un respiro —dijo Jørgen sin más—; mientras, voy a ir rematando esto de aquí y aquello de allí.

Mattis se sentó. Pareció como si Jørgen barriese el pequeño tronco con su descortezador. Mattis pensaba, incesante como el zumbido de una mosca: ¿Qué estoy haciendo aquí?

—¡¿Qué estoy haciendo aquí?! —dijo en voz alta.

—Aprender —dijo Jørgen.

—Sí, pero ¿por qué?

—No es una tontería saber talar árboles.

Jørgen no quiso explicar nada más. Mattis pensó: Todo esto es porque van a marcharse.

—También me llamaste para que saliese durante la tormenta.

—Sí. Y te las apañaste bien. Ahora vamos a comer un poco y a descansar.

Le entregó a Mattis su comida.

—No era esto lo que yo…

—No, pero come algo ahora. No has tenido demasiado de comer en toda tu vida.

Era una especie de amago amistoso por parte de Jørgen, pero Mattis no fue capaz de probar bocado de lo que le ofrecía.

—¡Alguna intención tendrás, al traerme aquí!

Jørgen masticó lentamente su comida.

—No tengo ninguna mala intención —dijo—, eso te lo puedo asegurar, Mattis.

Masticó una rebanada de pan entera antes de continuar.

—No sabemos qué hacer —dijo abruptamente, mirando directamente a Mattis.

—¿Con respecto a mí? —preguntó Mattis rebosando agudeza.

—Pues sí.

El gran leñador estaba sentado, masticando el almuerzo preparado por Hege, y parecía amable. Por *algún* motivo, Mattis no le tenía miedo, pero, por otra parte, temblaba ante lo desconocido que Jørgen sabía y que no quería soltar.

—Pero sobre esto podemos hablar más tarde —dijo Jørgen—. Ahora vas a aprender a talar árboles. Así se gana dinero y uno se las puede apañar.

—Pero yo ya me las apaño —soltó Mattis.

—¡Ah, sí!, pero es mejor poder apañárselas uno mismo —dijo Jørgen con voz amable pero firme.

Tan vigilante como estaba Mattis estos días, le resultó bastante esclarecedor: sin duda iban a abandonarle.

—¡No quiero aprender! —protestó.

—A pesar de eso, a veces hay que hacer cosas que uno no quiere —dijo Jørgen, en el mismo tono que cuando llamó a Mattis para que saliese bajo los relámpagos.

Mattis estaba a punto de rendirse. Pero entonces le surgió un pensamiento, como si se lo hubiesen lanzado, y se precipitó a preguntar:

—¿Puedo irme a casa?

Jørgen, que estaba de espaldas, se enderezó, y eso fue respuesta suficiente.

Mattis estaba fascinado con su propio plan, era un plan relámpago, y le dijo a Jørgen:

—¡Ahora has sido un tonto!

Acto seguido, salió corriendo.

36

Hege vio a su hermano venir corriendo el último tramo. Dejó lo que llevaba en las manos y salió deprisa a su encuentro, cruzando la cerca y ascendiendo entre los brezales.

—¿Se ha cortado con el hacha?

—¿Quién?

—*¿Quién?*

—No, no; está talando árboles como un loco.

—Gracias a Dios, menos mal —dijo Hege, iluminándose—. Has venido como si fuese cuestión de vida o muerte, ¿sabes? No debes regresar nunca así, tan deprisa, de donde estáis cortando leña, porque todos los que te vean pensarán que ha ocurrido un accidente en el bosque.

—Se me había olvidado —contestó Mattis dócilmente—, iba pensando en otras cosas.

—¿En qué? ¿En algo que tiene que ver contigo mismo?

—Sí, bueno, no, eso tampoco. No puedo contártelo *con antelación*.

Mattis notó lo enrevesado que sonaba aquello.

—He vuelto a casa corriendo porque tenía que hablar contigo, y verte.

Hege resopló:

—Verme. ¿Cómo se te ocurre? Uf, menudo susto me has dado, pensé que se había hecho daño.

Para Mattis y su plan relámpago este inicio no podría haber sido más arduo. Cómo podía habérsele ocurrido volver así, de una manera tan estúpida, cuando estaba seguro de que iba a poder ganarse a Hege antes de que Jørgen volviera a casa del bosque. En un destello había vislumbrado una solución. ¿Pero ahora? Ahora Hege casi se derretía de felicidad... por Jørgen..., tan solo porque Jørgen no estaba herido.

Aun así, fue la propia Hege quien volvió a ponerlo en marcha, ahí donde estaban, al otro lado de la cerca. Mattis respiraba pesadamente tras la carrera; y en su arrebato de alegría, Hege puso el brazo en torno a él y lo condujo hacia un montículo junto a ella.

—Siéntate y recobra el aliento —dijo alegre—. Además, estás todo sudado de tanto correr.

Así se sentaron el uno junto al otro sobre el pequeño montículo; como si solo fuesen ellos dos, igual que antes.

De repente a Mattis le surgió una idea; sabía lo que tenía que hacer...

Primero sonrió.

Hege le devolvió la sonrisa, contenta.

Entonces él asintió.

Ella asintió en respuesta.

Como un viejo juego olvidado entre ellos, y ahora, de repente, redescubierto.

Mattis no era tan inocente como ella creía en ese momento, recordó. Tenía un plan.

—Ahora estamos sentados en este montículo —comenzó.

Hege asintió. Él continuó:

—Y hemos estado sentados en montículos antes también, ¿verdad?

—Es cierto —dijo Hege—, ni siquiera hace mucho tiempo...

Mattis rio triunfante. Ahora debía actuar con cuidado para apartar a Hege de Jørgen y ganarla para sí.

—No hay nada como estar sentados en un montículo.

Hege lo miró un poco extrañada, Mattis tuvo que apurarse para continuar:

—Creo que deberíamos sentarnos en montículos más a menudo.

—¿Sí?

—Sí, ¿qué te parece?

Hege solo dijo:

—Bueno, me parece que puedes hacerlo, ¿no?

Notó la distancia que ella establecía entre los dos. Él estaba fuera de sí y necesitaba hablar claramente:

—¿Y tú no?

—¿Yo? Pues no —dijo Hege, y se puso a vagar con la mirada, de un modo que le causaba dolor.

—¿Por qué no?

—Ya sabes con quién me siento —dijo ella.

Lo dijo con unas palabras tan sencillas que aniquiló su plan por completo. Ya no quedaba nada más. Su entusiasmo y su idea se escurrían como a través de un colador. Había perdido prácticamente antes de poder comenzar.

—Bueno, entonces no hay nada más de que hablar —dijo abatido, levantándose.

Hege no contestó, y tampoco quiso volver el rostro hacia él. Mattis añadió:

—Es extraño que no sirviesen de nada los montículos. Y yo que pensaba que podía hacerte cambiar de idea antes de que Jørgen volviese a casa.

Hege seguía sentada sobre el suave montículo. Se levantó también, y dijo en tono desanimado:

—Ya, bueno, yo qué sé.

—¿Qué?

—¿Crees que no hemos hablado de ti?

—Sé bien que lo habéis hecho —se apresuró a decir Mattis.

—Haremos todo lo que podamos —dijo Hege—. Y eso lo sabes, ¿no?

Mattis no prestó mucha atención a lo que ella estaba diciendo. La vio cruzar la cerca y entrar en casa. Él mismo se debatía con un asunto: pensamientos relámpago. Al fin y al cabo, ¿qué son los pensamientos relámpago? Nada. Si uno intenta presentarlos, caen a la tierra como despojos, en cuanto uno de los avispados abre la boca. Hege solo necesita pronunciar una palabra o dos para acabar con uno, y el plan se hace añicos.

Haremos todo lo que podamos, había dicho ella. No entiende nada.

37

Se acabó lo del trasbordador. No había escapatoria alguna ante la voluntad de Jørgen. Él llevaba a Mattis a talar al bosque cada mañana. Debes aprender, decía Jørgen, en un tono tan parco que no admitía protestas. Mattis protestaba y, sin embargo, lo acompañaba.

Regresaba a casa exhausto tras un día difícil y Hege le servía esos nuevos platos que preparaba.

—Debes seguir aprendiendo este oficio —reponía ella.

Resultaba inútil explicarle a ella los pensamientos que irradiaban hasta los remos en un bote, y que no le ocurría lo mismo con un hacha y un descortezador…, ella simplemente no lo entendía, ciega como estaba.

Jørgen era amable con él en el bosque, no era eso. Se empeñaba y buscaba pequeños troncos fáciles de cortar para Mattis; repasando la mayoría posteriormente. Mattis no hacía ningún progreso, más bien se moría de ganas de poder hablar con Jørgen sobre Hege.

Al fin lo hizo, durante una pausa para el café. Se había esforzado sin haber logrado nada, era como si tan solo hubiera estado amontonando ramas. Ahora los dos descansaban tendidos sobre la tierra, con la nuca apoyada contra unas piedras, dormitando, cada uno a lo suyo.

Había llegado el momento.

¡Salir a la tormenta!, pensó Mattis súbitamente, como para envalentonarse. Entonces se enderezó. Jørgen se despertó de inmediato, en guardia.

—Descansemos un rato más, Mattis.

—No, ¡quiero hablar contigo! —anunció Mattis, en el tono amenazante en que debía decirse aquello.

—Habla, pues.

—¿Te das cuenta de que cada día soy capaz de hacer menos?

Eso era cierto. Iba retrocediendo, en vez de avanzar. Jørgen era consciente y, por lo tanto, no soportó oírselo decir a Mattis.

—Pues sí, ¿de qué vas? —dijo, por una vez con rabia en la voz.

Eso fue justo lo que a Mattis le envalentonó. Su tono furioso.

—Y yo me pregunto ¡¿de qué vas *tú*?! ¡Tú, que me has quitado a Hege! ¿De qué va alguien así?

Jørgen se mostró incómodo.

—Simplemente sucedió —dijo sin más.

Permanecieron callados. Hege se encontraba en algún punto entre ellos, y no pertenecía a ninguno de los dos.

Entonces Jørgen replicó:

—¿No podrías pensar también un poco en Hege? ¿No podrías alegrarte un poco por ella? ¿Cómo crees que lo ha estado pasando ella?

Mattis enmudeció, abrumado; no podía darle la vuelta a todo tan deprisa. Era probable que Jørgen tuviera razón, pero bueno. Divagó impotente, mientras permanecía sentado, afligido e inmóvil. El mundo estaba repleto de una fuerza superior que emergía y lo sumergía a uno. Esa fuerza superior no la representaban solo Hege y Jørgen y todas las demás personas sabias; no, era una fuerza superior tan demoledora que él mismo, Mattis, había traído su propia desdicha atravesando el lago a remo, en su propio bote, y había invitado a esa desdicha a su propia casa. ¿Qué podía hacer uno entonces?

—¿Dejamos de hablar de esto? —sugirió Jørgen, dado que Mattis no le contestaba.

Mattis dijo aterrado:

—Ahora pienso lo peor de ti.

—¡Uf! —dijo Jørgen—, eso no ayuda en nada.

—¿Y qué ayuda, entonces?

—No hablemos más de este asunto —dijo Jørgen vehemente—. Las cosas seguirán como son.

—Sí —dijo Mattis. Esos terribles pensamientos seguían arrasándole por dentro, pero dijo que sí, sucumbiendo y tumbándose de nuevo sobre la tierra.

Estaban recostados, descansando las espaldas. Jørgen tenía una rama en la mano y, distraído, golpeaba un par de amanitas de intenso color rojizo que se alzaban a su lado. Su lugar de descanso era un claro con viejos restos de ramas y tocones, marañas de hierba y setas de la temporada otoñal. Jørgen empezó repentinamente a hablar sobre la seta encarnada, queriendo cambiar de tema.

—Mírala, Mattis. Si uno se comiese esa amanita, todo habría terminado.

La seta estaba ahí, reluciendo escarlata, partida en dos por la vara de Jørgen, con la carne fresca y blanquecina, ocultando su veneno y la muerte que albergaba.

Mattis se estremeció, pero continuó recostado sin apartar la vista del hongo.

—¿Tú crees?

—Sí, esta seta es muy peligrosa —dijo Jørgen—. Antiguamente hacían sopa con ella, cuando querían enloquecer y destruir a la gente.

Mattis no logró retirar los ojos del hongo, atrapado por escalofriantes y extraños deseos que no podía dominar. Ondas veloces corrían entre el hongo y Mattis, adueñándose de él, apoderándose de su cuerpo y alma, hechizándolo.

—¿Es eso verdad? —dijo.

—Sí, no se te ocurra probarla, o podría llegar a tenerte mucho miedo.

—No digas eso —dijo Mattis, pero fue apenas un murmullo. Contempló hechizado la seta; lanzando una mirada furtiva hacia Jørgen, se puso en movimiento. Le sobrevino de repente, porque estaba en un apuro: ¡voy a *comer* un poco de seta! ¡Comeré un poco de seta, a pesar de todo! Comeré un poco.

Extendió la mano para coger un trozo de aquella venenosa abominación.

—¡Para! —dijo Jørgen—, es realmente peligrosa. ¿Es que te has…?

Demasiado tarde. Mattis se le adelantó, cogió un pequeño trozo blanco con piel escarlata, y se lo llevó a la boca. No trató de averiguar si sabía a algo, se lo tragó de un tirón, y le pareció que le atravesaba la garganta como en llamas…, aunque en realidad no fue así. Sin embargo, de inmediato experimentó un escozor, este no era un alimento cualquiera. Acto seguido soltó un breve chillido, horrible, como una dentellada.

—Pero ¡¿qué estás haciendo, pedazo de estúpido?! ¿Qué es lo que pretendes? —dijo Jørgen.

Jørgen estaba realmente enfadado.

—¡Échalo fuera! —añadió Jørgen—. Métete los dedos en la garganta.

—Demasiado tarde —dijo Mattis medio asfixiado, con todo el cuerpo transformado entre la excitación y sus fantasías.

—¿Ha sido un trozo grande? ¡Contesta! O quizás es que has perdido el habla.

Jørgen estaba furioso.

Mattis tan solo giraba los ojos y trataba de averiguar si se había vuelto loco. Estaba asustado, notaba cómo le ardía la garganta. ¡Pronto voy a arder por dentro!, pensó de pronto, debo apresurarme.

No quitaba los ojos de Jørgen. Con la amanita fermentando en su interior, estaba atento a cada movimiento del otro hombre, preparado para cualquier cosa.

Jørgen estaba encolerizado y aterrado, no sabía qué cantidad de la seta podía haber ingerido Mattis, ¿quizá era realmente peligrosa? Agarró el negro pocillo del café que quedaba sobre las brasas extintas, lo agitó, vertió el café rancio en una taza, y se la entregó:

—¡Toma! Bebe esto.

—¡Ni en broma! —dijo Mattis burlón, y empujó la taza de modo que se derramó todo el café. Se sentía horrorizado por la manera en que estaba desafiando a Jørgen, pero también orgulloso. Desafiando la voluntad de Jørgen. ¡A fin de cuentas, había comido amanita! Ahora Jørgen se iba a enterar; en su locura, Mattis tomó fuerza.

Al caérsele la taza a Jørgen, su rostro se tornó de piedra, agarró a Mattis por la muñeca… y hasta ahí llegó eso de tomar fuerza. La mano de Mattis se entumeció bajo el agarre del leñador.

—¿Te has vuelto loco o qué?

Mattis volvía la mirada.

—¡Suéltame!

Jørgen lo soltó, pero no porque Mattis se lo ordenase. Recogió la taza y la llenó de agua en un arroyo cercano.

—Bebe esto, entonces. ¡Bebe! ¡Métete el dedo en la garganta y échalo fuera!

—Me quiero quedar con lo que tengo —contestó Mattis, con una voz irreconocible. Se imaginó que cada vez ardía más por dentro. ¡Y no quería extinguir ese fuego, ahora iba a someter a Jørgen! Sentía cómo su fuerza y su sabiduría crecían con rapidez.

Entonces Jørgen cambió de táctica por completo.

—De acuerdo, como quieras —dijo—, tampoco debes tener miedo, puedes quedarte con ese trozo de seta en el estómago, no te va a matar. Era un trozo muy pequeño. Siéntate y recupera la compostura.

—¿Qué? —dijo Mattis con voz ronca.

Pero obedeció, sorprendentemente. Se sentó y también bebió un poco de agua, pero como en un sueño. Sí, ahora él *era* diferente. Quería ser diferente. Había comido del peligro.

Sí, se sentía muy diferente en cuerpo y mente, ligero y volátil de alguna forma. Sentía que estaba allí y en otros lugares al mismo tiempo. Flotaba por encima de las copas de los árboles, como si nada. Lo primero que le vino a la cabeza fue el vuelo de la becada.

—¡Siéntate tú también, Jørgen! —dijo con los ojos muy abiertos—, para que pueda hablarte sobre la becada cuyas alas se llenaron de plomo y que yace bajo la piedra. ¡¿Por qué lo hace?!

Jørgen murmuró:

—¿Y tú, de qué estás lleno?, ¿de alucinaciones? Es mejor que te vayas a casa.

Mattis tan solo se excitó más.

—¡Siéntate, dije! Ahora el que habla soy yo. También tenía que llegar este día, ¿sabes?

Jørgen se sentó paciente.

—Cuéntame, anda.

—Hege ya te habrá contado todo sobre la becada, ¿no? —dijo Mattis en tono severo.

—Hemos tenido tanto de que hablar, que no recuerdo haber oído nada sobre eso.

Mattis lo miró incrédulo.

—¿Es posible que tenga algo más importante de que hablar que del paso de mi becada?

—Sí.

—¿Tampoco te dijo que dispararon a la becada?

—Quizá lo haya dicho, no lo recuerdo. En todo caso, ¿qué es lo que hace tan particular a esa becada?

Mattis miraba a Jørgen con ojos enloquecidos, por su estado de embriaguez a causa del hongo.

—Éramos la becada y yo, ¿entiendes? Y ahora ella yace bajo la piedra; pero eso no importa, es como si volara sobre la casa, *como si*, ¿entiendes? La becada y yo, de alguna manera. Como si voláramos por encima de aquí. ¡Vamos a sobrevolar la casa para siempre! Solo intentad...

Se detuvo, asustado.

—La becada y tú. Claro. Sí, sí, la becada y tú —dijo Jørgen en voz baja, cauteloso y vigilante.

—¿Por qué lo dices así? —le interrumpió Mattis, sintiéndose diferente por dentro todo el tiempo. Como si hubiera una hoguera abrasadora en su interior.

»Solo quedáis Hege y tú ahí dentro, ¿entiendes? —le dijo rígidamente a Jørgen— y entonces no es fácil, ¿entiendes? ¡No hay ninguna diferencia entre qué yace bajo la piedra y qué no yace bajo la piedra! Vaya.

—Sí —dijo Jørgen.

—¿A qué dices que sí?

Jørgen contestó perplejo:

—No.

Mirándolo fijamente, Mattis dijo:

—Jørgen, ¿puedo hacerte una pregunta sobre algo que nunca me he atrevido a preguntarte antes?

Jørgen hizo una señal indicándole que podía preguntar.

—¡La becada y yo, vaya! Eso es todo. ¿No entiendes nada?

Jørgen negó con la cabeza.

Mattis se tambaleaba por caminos ignotos. Percibía la llegada de algo. ¿Qué era? No, llegaba sin más. Algo descabellado. Fuego. Destrucción. Sus ojos ardían, los clavó en Jørgen, y las llamas lo consumieron de inmediato. Se lo merecía.

Disparates. Soy yo el que ha comido amanita…, es por eso. Pero el mal de ojo se lo *quiero* echar a Jørgen. Ahora lo echo…

Una sombra oscura se alzó al mismo tiempo, intentando agarrar a Jørgen. Disparates también…, solo es la amanita que he comido. No me estoy muriendo. ¡*Jørgen* es el que morirá!

En el mismo instante se abalanzó sobre Jørgen. Lo agarró fuertemente; veloz como un depredador.

—¿En serio? ¿Quieres hacerme daño? —dijo Jørgen tranquilo y con frialdad, deshaciéndose de su fuerte agarre. Sujetó a Mattis como a un niño.

»Compórtate como una persona normal, pedazo de estúpido.

Jørgen levantó a Mattis y lo llevó en volandas los pocos pasos de distancia que los separaban del arroyo. Allí comenzó a echarle agua en el rostro desorientado. Mattis pataleó al principio, pero el agua fría otoñal le venía bien a su fuego, y fue calmándose poco a poco, como si despertase. Entonces se desplomó sobre el suelo como un saco, gimiendo de vergüenza y furia.

—¡No quería matarte!

—Ah, no, *eso* no es tan fácil —dijo Jørgen.

—¿Dónde está Hege? ¿Es que ya no está?

Jørgen casi pegó un salto.

—¡Cállate! ¿Estás desvariando? Ya basta de disparates, ¿entendido?

Jørgen sonaba como si fuese su hacha la que hablaba, tan duro y afilado se pronunciaba.

Mattis intentó despejarse, y dijo confuso:

—¿Qué he hecho?

—Alucinar, eso has hecho. Has comido setas y te has comportado como un imbécil.

—¡No importa, mientras estés vivo! —dijo Mattis, sintiendo de repente una inesperada alegría. Jørgen se incomodó de inmediato ante tal comentario.

—Ya, ya...

Mattis dio un giro completo, se colmó de una embriaguez distinta, comenzó a pensar en cosas agradables y quiso decírselo a Jørgen; como agradecimiento porque Jørgen seguía vivo y no lo había matado durante el hechizo de la amanita.

—Anna e Inger —dijo de puro agradecimiento, entregándole a Jørgen esos nombres, como si fueran un regalo—. ¿Tienes la más remota idea de lo que es *eso*?

Jørgen no contestó, permaneció a la espera.

—¿Te he hablado de ellas antes, Jørgen?

—No, ¿quiénes son?

—Unas muchachas —dijo Mattis orgulloso.

—Sí, eso ya lo he entendido.

—Las llevé remando. Este verano. Estábamos en un islote. Todo el pueblo vio cuando desembarcamos junto a la tienda.

—Era lo pertinente —dijo Jørgen.

Mattis tuvo que cerrar los ojos, asombrado, tan acertada fue la respuesta de Jørgen. Aquí había alguien que sabía lo que era importante para un hombre.

—¿Puedo preguntarte algo, Jørgen? —empezó, por lo tanto.

—Acabas de hacerme una pregunta. Y no entendí nada. Pero adelante.

—Esto es lo que quiero saber —dijo Mattis, vacilando un poco—: ¿Tú piensas en muchachas entre semana?

Esto le cogió un poco por sorpresa, pero Jørgen respondió sin parpadear:

—Sí, supongo que lo hago.

—¿Lo has hecho?

—Seguro.

—Ah, entonces está bien —dijo Mattis, suspirando aliviado—. Sí, además es extraño —continuó, alzando la vista, libre de todo pensamiento homicida.

—¿Qué es extraño?

—Bueno…, *muchas cosas.*

—¡Uf! Ya nos hemos distraído lo suficiente —dijo Jørgen abruptamente, y regresó a la tarea de talar con potentes hachazos.

Mattis permaneció sentado con una extraña combinación de alegría y sobresalto en su interior. Pisoteó las setas restantes hasta deshacerlas con sus botas. Entonces se echó a reír de alegría. He tenido alucinaciones, dijo, usando las palabras de su hosco jefe.

38

Lo sucedido le causó una profunda conmoción a Mattis, pese a todo. Cuando el alivio inicial desapareció, permaneció una sensación de horror que no quería desaparecer.

He estado a punto de matar a Jørgen… ¿Cómo he podido actuar así?

¿O solo fue por la seta que me tomé?

Anduvo pisándole los talones a Hege un par de días, esperando escuchar sus palabras de reproche, tal y como se merecía. Hege no dijo nada y al final tuvo que sacarlo a colación él mismo.

—¿No ha dicho nada Jørgen?

—¿De qué?

—De él y yo, y eso…, lo del bosque, lo de comer setas y eso.

—No, ¿esperabas que lo hiciera?

—No.

—¿Ha pasado algo? —preguntó Hege.

—No, no llegó a nada, como puedes ver.

Mattis se alejó a hurtadillas. Asombrado por Jørgen.

Al día siguiente, Jørgen también lo había llamado para llevarlo al bosque a cortar leña, pero Mattis contestó:

—¡Ya no voy a ir más!

Sonó tan aterrado que Jørgen no insistió. Tampoco habría sido más que una molestia para él, el llevarse a Mattis al bosque, así que le resultó indiferente.

Mattis se quedó de nuevo sentado en el banco, contemplando el tiempo. Hege daba vueltas inquieta a su alrededor. Ya le debía haber preguntado a Jørgen, y se habría enterado de lo sucedido. Ahora se acercó, y dijo un poco a tientas:

—Debes empezar de nuevo con el trasbordador, Mattis.

—No sé.

—Pero estabas tan a gusto con eso.

—Puede que sea diferente ahora —dijo Mattis.

—¡Qué va!

Hege se alejó revoloteando. Le había dado por revolotear mucho más que antes, sobre todo cuando se trataba de su enamorado. Cuidaba la casa con mano afanosa, floreciendo. Mattis notaba claramente los cambios en ella. Contra esto enfrentaba su propia duda cotidiana, agotadora…

¿Qué voy a hacer *yo*?

No se puso en marcha con el trasbordador. Algo era diferente. Anduvo dando vueltas sin ningún quehacer, asustándose al ver algo rojo brillante junto a la cerca. Descubrió una amanita completamente crecida, con todo su feo y secreto furor. Estaba muy cerca de los postes de la cerca, como si quisiera otear el claro y escudriñar a Mattis.

No, no, pensó esquivo, oponiendo resistencia. A esta la voy a aplastar antes de que me hechice.

Se acercó y pateó el hongo. Al darle un puntapié, los colores lo alumbraron como una explosión escarlata.

Poco después encontró otra, en el claro, dentro del cercado. Por lo menos igual de hermosa. No la pisoteó, solo se enardeció y se alejó. Ahora sabía que las colinas estaban repletas de hongos, junto a la cerca y entre los montículos, además de dentro del sotobosque.

La casa estaba rodeada de veneno.

¿Había sido así durante los años anteriores? Nunca lo había notado. ¿De dónde venían? Era como si creciesen de modo que uno pudiese verlos aumentar de tamaño.

Un pensamiento nítido:

Quizá Jørgen muera por esto, es él quien está rodeado.

¡No, no! No quiero que eso pase.

Sin embargo, el pensamiento reptó de nuevo, como un animal sin patas.

Qué debo hacer, dijo asustado, sin poder moverse.

Debo hacer algo. Pronto me abalanzaré sobre él de nuevo.

Al final hizo como de costumbre: encomendarse a los sabios. Esa era Hege, como siempre.

—¿No hay este año más setas rojas que de costumbre? —preguntó sin explicación alguna.

—Que yo sepa, no —dijo Hege—. Todo está bien —dijo ella a ciegas, y se alejó revoloteando.

39

Y como una señal de que nadie estaba rodeado de veneno, apareció una muchacha caminando sendero abajo.

Al principio Mattis no podía creer lo que veía. Incluso la conocía: era ella, la del campo de nabos de primavera. La que pellizcaba a su novio con tanto gusto, y que también era pellizcada con tanta alegría y gozo. Era como un milagro verla aparecer bajando desde la carretera principal, justo en aquel momento de pesadumbre.

Es a mí a quien viene a buscar, pensó Mattis sin más, evocando sus experiencias en el islote.

Pero ella tiene novio, eso también es verdad.

Por aquí jamás había aparecido una chica así. Aquí solo estaba Hege. Cuando la vio aparecer, pensó de inmediato: ¿Anna o Inger? Pero cuando se acercó, vio que no era ninguna de ellas. Habría sido demasiado bueno para ser verdad. Estaba bien tal y como era, a ella también la conocía.

El hecho de que hubieran trabajado juntos una vez le hizo sentirse confiado y libre. Porque así había sido ella aquel día. Parecía que ambos lo recordaban. La muchacha, por su parte, asintió con la cabeza en señal de saludo, y sonrió. Todas las miserias de Mattis se esfumaron, el bosque repleto de veneno se tornó un refugio amistoso.

Mattis se precipitó a preguntarle, casi antes de que ella llegara y antes de que ella misma pudiera pronunciar palabra alguna:

—¿Ya no sois novios?

La chica rio.

—¿Quiénes?

—Tú y él, por supuesto. El que te pellizcaba en el brazo y en las piernas.

—¿Cómo lo sabes? —preguntó ella—. Uno no anda constantemente agarrado al otro.

Mattis agachó la cabeza. ¿Había dicho ya algo estúpido? Pensándolo bien, ella tenía razón, por supuesto. La muchacha lo sacó del aprieto diciendo:

—Pero, de todos modos, todo ha terminado entre él y yo. En eso tienes razón.

Mattis sintió una punzada. O más bien dos punzadas: una dolorosa, y otra agradable.

—No hace falta que parezcas tan horrorizado por eso, vaya —dijo la chica.

—No —musitó él.

—No, estas cosas pueden cambiar muy deprisa —repuso ella—. Y seguro que eso tú lo sabes bien —añadió confiada, de buen corazón.

Mattis no se atrevió a mentirle directamente con un sí abierto, lo transformó en un «hum» con doble significado. Pero se sintió tan agradecido.

—¿Hay otro ahora, entonces? —preguntó nervioso—. ¿Alguien nuevo?

—No, ahora apenas hay nadie —respondió la muchacha, realizando un gesto de indiferencia con la cabeza.

—¡Ah! —dijo Mattis.

La chica rio de nuevo, por alguna razón desconocida, pero sin malicia. Entonces pudo por fin pasar al encargo que traía.

—Me han mandado con un recado para el leñador que vive aquí. Se llama Jørgen o algo así, ¿verdad? Pero a lo mejor no está en casa a estas horas.

—No, está en el bosque —contestó Mattis algo contrariado. Se había equivocado, era algo que tenía que ver con Jørgen.

—Bueno, en ese caso puedo decírtelo a ti. Eres capaz de darle un recado, ¿verdad? —soltó ella.

Mattis se sonrojó. La muchacha no se percató, inmersa en su alegre juventud como estaba.

Mattis no se atrevía a recibir el mensaje. Podía enredarse cuando tuviera que repetirlo. Sobre todo, cuando era para Jørgen.

—Lo mejor es que se lo des a mi hermana, ella está en casa —dijo, por muy amargo que le resultase.

La chica rio burlona.

—Por supuesto. Lo había olvidado.

Se puso en marcha con pasos ligeros y veloces. Mattis la siguió con la mirada, hacía rato que la había perdonado. Él se había convertido en otro aquel verano, porque había remado con Anna e Inger, porque había atravesado la tormenta y porque había ejercido tan bien como barquero. Siempre podía perdonar que esta chica dijera lo que no debía.

Por eso mismo también surgieron destellos en su mente, unos planes veloces que tenían que ver con la visitante y una posterior conversación con ella: subió por el sendero hasta resultar invisible desde la cabaña, y ahí se detuvo a esperar. La muchacha tenía que pasar por ese lugar de regreso a casa.

Funcionó de maravilla. Al cabo de un rato, la muchacha apareció ascendiendo el sendero; venía directa hacia

Mattis, como si este fuese una trampa. Pero lo hacía con una risa despreocupada:

—Anda, ¿ahora estás aquí? Acechándola a una, cuando va de regreso a casa.

Mattis pensó en cómo los avispados se daban cuenta de todo de inmediato. En general. Él mismo no era capaz de usar ese mismo tono, estaba inmerso en asuntos demasiado difíciles como para eso, asuntos muy solemnes, en realidad. Dio un paso adelante y preguntó con seriedad:

—¿Puedo acompañarte un pequeño trecho? ¿Solo hasta la carretera principal?

Al cabo de un momento, la muchacha dijo:

—Claro que sí.

Mattis balbució:

—Sí, eso había pensado, ya que no tienes ningún enamorado.

—Eso yo no lo he dicho —observó la chica—. Dije que *apenas* hay nadie. Pero sí tengo uno. Más o menos.

Mattis abrió los ojos de par en par, y aminoró la marcha. Se le desencajó la cara. Esto no lo entendía.

—¿Ya no quieres acompañarme? —dijo ella—. Bueno, como quieras.

—¿Si quiero?

¿Querer? No lo entendía. Era obvio que no podía acompañarla, dado que *tenía* un novio. ¿Qué debía hacer, entonces?

Ella quiso continuar su camino, pero él realizó un movimiento con el brazo como cuando uno quiere agarrar algo, pero al final lo deja escapar. El gesto la detuvo.

A un lado del sendero había una gran piedra lisa. Mattis había pasado por ese lugar desde que tenía memoria; pero aquel era el primer día en que la piedra resaltaba entre lo que no tiene nombre. Mattis tendría que haberse marchado sin más, pero ahí estaba la piedra y, sin saber cómo fue capaz de inventarse aquello con tanta rapidez, la señaló y se apresuró a decir:

—*Las piedras lisas son para sentarse.*

Lo dijo de tal modo que la chica se sentó antes de que él pudiese pensarlo.

Esto es realmente absurdo, pensó a continuación, sentándose junto a ella.

Había suficiente espacio en la piedra, por lo que Mattis se cuidó de no acercarse demasiado a la muchacha. ¿Qué quería? No podía decir nada con certeza al respecto. Poder oír algo. Poder estar cerca. Pero no debía permanecer en silencio, lo entendía; la muchacha lo miraba expectante, demandando algún comentario suyo.

—¿Crees que he sido avispado? —preguntó por tanto, algo abrupto.

La muchacha se acarició la mejilla con una brizna de hierba. Balanceando un pie. No se quedó quieta en ningún momento.

—¿A qué te refieres?

—A lo que dije sobre la piedra lisa. Y sobre sentarse.

La chica suspiró, poniéndose de nuevo en pie.

—¿Tú también con ese tipo de preguntas? —dijo ella, decepcionada, quizá harta de él.

Harta de él…

—Pero ¿cómo? —preguntó, asustado. Permaneció sentado en la piedra.

Ahora la chica se iba, y Mattis no se atrevió a hacer ningún movimiento.

—No sabía que eso estuviera mal —dijo.

—No, no, pero no tengo tiempo para esto.

—Sabes que…

Ella lo interrumpió:

—Dejémoslo estar, no importa. No tiene importancia para ninguno de los dos, ¿verdad?

Se dispuso a marcharse. Primero asintió con gesto amistoso, y quizá un poquito avergonzada, pero se puso en marcha.

Mattis se aferró a un recuerdo.

—¡Las otras no eran así! —dijo—. Y hablé mucho con ellas.

La muchacha se detuvo de inmediato.

—¿Las otras? No sé quiénes son.

—Cuando digo «las otras» me refiero a Anna e Inger —dijo en voz baja—. ¿Has oído hablar de ellas?

—Sí, yo…, claro que sí.

—Estuvimos en el lago, y conversamos todo el día. Y ellas no eran así.

La chica se acercó a él y lo miró directamente a los ojos con arrepentimiento. Mattis abrió los ojos de par en par. ¿Qué esperaba? No lo sabía. Pero esperaba.

—Oye, Mattis.

Él temblaba.

—¿Sí?

Ella estaba en dificultades. Había mirado en sus ojos.

—No, yo… —comenzó—. ¡Es imposible saber *qué* decirte!

Mientras decía esto, le acarició brevemente la mejilla, y acto seguido se marchó de verdad, con pasos veloces, ligeros, en un abrir y cerrar de ojos.

Mattis no intentó definir sus sentimientos, pero todo se había restablecido, e incluso más que eso. En una feliz ocurrencia, la chica había hecho con él lo que ni Anna ni Inger habían hecho…, se había asegurado un lugar en su corazón.

Permaneció sentado largo rato en la piedra.

40

Entonces llegó. Algo totalmente diferente: el rayo que le aclaró las cosas. Sin previo aviso, todo pareció esclarecerse para él. Con lucidez y violencia.

Se levantó bruscamente de la piedra lisa.

Fue como un rayo cegador. Pero esta vez en su interior, iluminándolo por dentro.

¡Qué!, pensó asustado. No puedo hacerlo.

Olvidó a la chica. Justo cuando estaba saboreando los maravillosos momentos que ella le había brindado…, apareció el destello. *Una salida*, completa y consumada de principio a fin, en un destello.

De manera abrupta e implacable atravesó las marañas mentales que se habían ido acumulando. Debía aceptarlo sin cuestionarlo y no tener miedo; por mucho que sus efectos lo conmocionaran en lo más profundo. Vio lo que debía hacer, lo entendió y lo aceptó, medio entumecido.

Así fue como lo vio claro, en un destello, mientras permanecía sentado en aquella piedra recién inaugurada. La salida del desconcierto que lo había estado atormentando. Hege, Jørgen y yo, pensó. La becada no entraba en la ecuación, ella estaba en otra parte.

Se sentó de nuevo sin darse cuenta.

—Esto será difícil —dijo absorto, en voz alta. Pero no había nadie que lo escuchara. Volverse avispado resultaba duro, pensó.

41

Era un plan secreto. Todo debía llevarse a cabo con mucha discreción. En consecuencia, no debía decirle ni una sola palabra a Hege; pues ella habría intervenido y se lo habría impedido.

Pero dado que el plan era difícil, se permitiría hacer un último intento para salir de aquello de un modo más suave, pensó cuando la primera embriaguez provocada por el destello se hubo apaciguado.

Por lo tanto, al día siguiente, esperó a que Jørgen partiese al bosque para acercarse a Hege de manera un tanto solemne. Ella estaba sentada entre sus chaquetas de punto, canturreando.

—¿Qué ocurre, Mattis? —dijo, y dejó de cantar. Se veía a la legua que Mattis no venía con nimiedades.

—Es importante —contestó—, es incluso más importante de lo que imaginas.

—Pues, entonces, dímelo —dijo Hege, algo impaciente. Mattis fingió tener la garganta seca.

—Debes decirme con quién quieres estar de ahora en adelante, si con Jørgen o conmigo —dijo yendo directo al grano.

Hege no necesitó mayores aclaraciones. Tampoco necesitó pensárselo, al parecer.

—*Aquí* nada ha cambiado —dijo con seguridad—. Sabes bien con quién debo estar… de ahora en adelante.

—Sí —dijo Mattis titubeante—, pero, entonces, será…

Se detuvo de golpe, casi había hablado de más.

Por su parte, Hege se adelantó:

—¿No crees que es natural, si lo piensas un poco?

Cuando lo hubo pensado, tuvo que admitirlo. Pero… las cosas pueden ser diferentes, se aferró a esa esperanza. He oído que eso puede pasar. Que pueden cambiar sin más. Eso ocurrió con los muchachos que se pellizcaban el uno al otro.

Apostó mucho al preguntar:

—¿Estás totalmente segura de que no puede haber algún cambio, Hege?

—Tan segura como de que estoy aquí sentada —contestó Hege—. Y gracias a Dios por ello.

Mattis agachó la cabeza.

—Bueno, entonces.

Hege sabía bien lo que decía. Su tono era firme como una roca. Así que no albergaba esperanza alguna de ganársela de nuevo para sí.

—Esto es doloroso y difícil —dijo él—. Puede resultar difícil poder con todo.

—¿Cómo? —preguntó ella sin comprender—. ¿No crees que Jørgen y yo nos las podemos arreglar?

Se quedó sin palabras. Ella no entendía nada. Pero entonces dijo lo decisivo:

—Debes concederme esto, Mattis.

Clac. Cayó el gancho.

—Sí, *concedértelo* —dijo él.

Había quedado zanjado, ya no le quedaba más que aportar en el asunto.

—¿Querías alguna otra cosa? —preguntó Hege amistosa, ya que Mattis permanecía parado en silencio.

Mattis negó con la cabeza. Las palabras de Hege habían sido tan claras como cabía esperar. El asunto debía considerarse ya zanjado. Ahora debía ejecutar su gran plan. Antes solo se quedaría ahí parado un rato.

42

Durante muchos años, el cobertizo que había junto a la casa había albergado un par de piezas de madera cortadas bastamente en forma de remo. Mattis no había logrado avanzar con aquella tarea, se las había apañado con remos viejos. Ahora sacó los remos a medio hacer y comenzó a cepillarlos con la garlopa.

Tan rotundamente había destellado este plan en su interior, que las gruesas piezas destinadas a ser remos también formaban parte del todo. ¡Por un momento, todo ha cuadrado en mi interior!, pensó Mattis, con una extraña sensación en el cuerpo, sintiendo que, a ciegas, se había puesto en manos de lo desconocido.

Jørgen regresó del bosque y vio a Mattis cepillando con su garlopa. Una imagen inusual.

—¿Vas a hacer remos nuevos?

—Sí, llevo pensándolo mucho tiempo —dijo Mattis.

—¿Así que vas a volver a ser barquero? —dijo Jørgen, empujándole un poco en ese sentido.

—Supongo que sí.

Mattis contestó sin alzar la vista. En ese momento, no podía decir toda la verdad; de lo contrario, su plan se vería perjudicado, y se lo prohibirían de inmediato. Quizá incluso me atasen.

—Muy bien —dijo Jørgen—, a nadie le viene bien estar sin trabajo.

Y Jørgen entró con Hege a comer.

Los remos eran claramente demasiado grandes y gruesos, pero Mattis tan solo cepilló la madera lo suficiente como para que quedasen lisos y algo más redondeados, para que pareciesen bien acabados. Aún seguían siendo piezas rudas de madera; y así habrían de utilizarse. Con estos remos flotaría, llegando así sano y salvo a tierra, o se hundiría bajo ellos y desaparecería de forma definitiva. Esa era justamente la parte más importante del plan.

Entonces lo sabré, qué voy a hacer. Ya lo veré.

El bote hará agua, en la parte más profunda del lago, hundiéndose hasta el fondo, tan podrido como está. Y *yo* no he aprendido a nadar. Pero con estos remos gruesos he de poder flotar… si es que *he* de flotar y volver a casa y estar con ellos como antes.

Así *no* será mi decisión.

Pero es difícil…, pensó.

Se fue a descansar cuando los remos quedaron lisos y listos. Ahora todo estaba preparado, y era extraño. Solo quedaba una cosa por hacer.

Pero mañana no, pensó.

¿Por qué no?, le preguntó una voz en su fuero interno, impaciente y molesta.

Bueno, porque así son las cosas, contestó. Y eso debía ser argumento suficiente.

Estaba acostado en su catre, mirando la tenue luz nocturna a través de la ventana de la sala de estar.

No vio ni a Hege ni a Jørgen cuando entró en la cabaña por la noche, pero escuchó una conversación acallada arriba, proveniente de la habitación del desván. Parecía una conversación agradable; esa clase de conversación que él anhelaba tener. Aunque seguramente también sería una conversación que le atañía a él, algo que no le resultaba tan agradable; algo molesto, tal como él debía resultarles a ellos.

Sin embargo, ahora los remos están listos, y pronto obtendré una respuesta.

Lo apartó de su mente, no quería asomarse a esos pensamientos. Acto seguido se dijo a sí mismo: Es lo mismo que asomarse a la tormenta.

Arriba murmuraban y hablaban todo el tiempo. También trinó una risa cristalina, que se detuvo como un perdigón al tocar el suelo. Así era como Hege podía reírse cuando estaba contenta por algo. ¿Acaso él no lo sabía?

Pero entonces debían de estar hablando de él de nuevo. Porque ya no se oían más risas.

—¡Pero escucha eso! —dijo abruptamente en voz alta, contento, incorporándose en el catre:

Una ráfaga de viento afuera.

Un repentino viento otoñal.

Susurros y leves crujidos cuando el viento se colaba por entre las desvencijadas paredes de la vieja cabaña. Y un suspiro lejano entre los árboles. Y olas repentinas en el lago.

Maravilloso.

Se relajó y sintió paz.

Porque, entonces, seguro que el viento también soplará mañana. Y, por lo tanto, impedirá que pueda hacer nada mañana. He de salir a remar con el tiempo en calma. Ahora puedo dormir.

Se durmió de inmediato; había sido un día tenso y agotador.

43

El tiempo en calma, ningún viento en el lago; eran las únicas condiciones que había establecido. El agua debía lucir como un espejo al poner en marcha su plan, de lo contrario, no valdría de nada. Entonces habría que ver si el viento *venía*.

Las condiciones eran evidentes, creía él.

El viento había soplado durante días y días.

Los remos estaban listos y el bote aguardaba preparado; el propio Mattis se levantaba cada mañana con el corazón latiendo intranquilo: a ver si el lago estaba en calma.

Pero cada mañana soplaba el viento. La zarpa que le atenazaba el pecho se soltaba en cuanto lo constataba.

Otro día más, pensaba. ¡Y nadie lo sabe! ¿Acaso no es extraño?

Poco después vino a recordar que así es con todas las cosas.

Paseaba sin prisa. Jørgen no le preguntó más por el trasbordador, y tampoco demandó que cortase leña.

Las coléricas amanitas estaban aún por todas partes; pero ya no le asustaban. No podrían cambiar nada.

Y nadie sabe nada. Hege y Jørgen ven un par de remos nuevos demasiado grandes y no saben nada, solo piensan que no he logrado hacerlos más finos.

¿Es que realmente ya soy avispado?

Si es así, ya era hora, pensó.

Otra mañana más. Mattis trató de protegerse del impacto que le causaría escuchar a Hege comentarle a Jørgen en la cocina: Hoy el lago luce como un espejo.

Cuando realmente ocurriera, sin duda le provocaría un buen sobresalto.

Pensaba en otras maneras en que ella lo podría expresar: Ni una sola ráfaga hoy, podría decir. Está todo tan quieto que parece hecho a propósito, podría decir también.

Hege no decía nada de esto. Hablaba con Jørgen de cosas más importantes que el tiempo. El tiempo no les resultaba útil a ninguno de los dos, Jørgen cortaba leña independientemente del estado del clima.

Así que el lago podría estar más en calma que nunca, sin que Hege lo hubiera mencionado siquiera, pensó desde su catre, y se levantó con un extraño doble peso en el cuerpo. Habrá que salir a ver.

¡Ah!...

Todavía sopla el viento, el lago de un azul profundo por las olas bajo el cielo claro. Era extraño de ver, ahora que significaba tanto. Pospuesto por un día más.

Mientras comía, notó los ojos vigilantes de Hege. Perdió el apetito de inmediato, y salió. ¿Es que se me nota algo? Fue a por unas herramientas, volvió a entrar y dijo que bajaba a reparar el bote.

—Sí, arregla el bote —contestó Hege satisfecha—. Así sé por dónde andas.

—Sí, ya sabes que puedes sentarte junto a la ventana y vigilarme —se le escapó a Mattis.

—¿Por qué lo dices?

—¿Acaso no me vigilas?

Mattis se marchó; se puso a cepillar y remendar el bote. Al mismo tiempo, descubrió una zona particularmente podrida en el fondo, bajo las tarimas sueltas sobre las que pisaba. No sería difícil romperlas, si uno pisaba con fuerza suficiente. Y ciertamente sentía que disponía de esa fuerza más que de sobra en ese momento.

Las piedras lisas son para sentarse, murmuró mientras trabajaba. Eso *estuvo* bien dicho, pero la muchacha no lo apreció. Bueno, nada de eso me afecta.

Se sentó junto al bote y volvió el rostro hacia el viento en el lago.

¡Sopla, viento!, deseó en secreto.

Había demasiado en que pensar…

Piedras sobre todos los ojos, dijo a los cuatro vientos.

Anna e Inger y todo, dijo.

Cada árbol sobre el que se han posado pájaros, dijo.

Cada sendero que mi hermana Hege ha recorrido.

Pero esto resultaba demasiado arduo, ya no se atrevió a nombrar más cosas.

El bote olía a brea, como siempre, y a tablas podridas abrasadas por el sol. Mattis contempló la superficie del agua, cómo la agitaba el viento. Las olas chapoteaban junto a sus pies.

Pero pronto el viento debía amainar. El viento nunca perdura. Tampoco puede perdurar la calma. La becada y yo, algo así, titubeó.

44

Cuando no se pudo remendar más el bote, subió a ver a Hege.

—¿Está ya listo el bote para llevar a gente? —preguntó ella; instándolo, como había hecho Jørgen.

—Sí, todo está en orden. Mañana comenzaré a remar, como antes —dijo Mattis.

No miraba a su hermana.

—Claro que sí, todo mañana —dijo Hege, constatándolo—. Es exactamente como debe ser, Mattis.

Abajo, en la orilla, había cavilado sobre lo que debía decir. La conversación resultó tal y como él quería.

—Si es que el viento no sopla demasiado —sostuvo—. El bote está podrido del todo, así que ya no me atrevo a salir cuando hay viento. Uno puede atravesar fácilmente el fondo del bote, si pisa un poco mal.

No le resultó muy fácil decirlo en un tono casual, pero de alguna forma salió del paso. Hege olvidó todas sus preocupaciones, pensando tan solo en el riesgo que suponía para su hermano, y dijo:

—Pero, entonces, también es peligroso con el tiempo en calma, ¿no? En ese caso, creo que no tendrás permiso para usarlo.

Mattis resopló.

—Conozco bien el bote.

—¿Estás seguro? De ningún modo querría que naufragases.

—Disparates.

Se sentía muy consternado por dentro mientras preparaba su plan de esta manera. Sin embargo, le cuadraba, decía lo que debía, lo que sentía que era prudente decir, sabía lo que era, con precisión. ¿No es extraño que uno se vuelva avispado cuando ya es demasiado tarde?, pensó.

—Con el tiempo en calma puedo estar fuera todo el día, si es necesario —dijo—. Tranquila, Hege, sé lo que puedo hacer y lo que no. Y dónde debo pisar y dónde no.

—Está bien, solo ten cuidado —dijo Hege, y revoloteó hacia otro lado. Pero poco después volvió y dijo:

—Yo creo que de todos modos voy a hacer que Jørgen compruebe si el bote es peligroso. Él entiende de eso. Si él dice que el bote no es navegable, entonces, no saldrás de nuevo con él.

Mattis exclamó:

—¡Jørgen!

Precisamente ahora, en este asunto, el nombre de Jørgen no debía mencionarse. Mattis montó en cólera:

—¡Esto soy capaz de hacerlo sin Jørgen! ¡Todo! ¡Si me vienes con Jørgen, voy a hacer algo espantoso!

Hege se sobresaltó:

—¡Por favor…!

—¡Ni se te ocurra llamar a Jørgen! ¡Si viene, se va a enterar!

—Tranquilo, cálmate un poco —dijo Hege—. Y Jørgen no necesita *enterarse* de nada por tu parte. Jørgen es un buen hombre que no te ha hecho ningún daño.

Mattis apenas pudo detenerse:

—¡Ahora todo depende del tiempo! —dijo en tono salvaje.

—¿El tiempo?

—Sí, ¿me oyes? El viento y el tiempo. ¿Acaso crees que no lo he *pensado*?

Esta palabra que antes era preferible no pronunciar en esta casa por el bien de Mattis..., ahora la usaba Mattis como quien incrusta un clavo en la pared.

Hege retrocedió un poco.

—Seguramente has pensado en muchas cosas —dijo—. Tenemos mucho en que pensar todos con esto que ha sucedido.

Ella tan solo veía *una* cosa, y la denominaba así. Mattis permaneció parado frente a ella, apenado. Ella ya no era la misma, era una parte de Jørgen. La mitad de Jørgen.

—¿Cómo has podido volverte así? —preguntó.

—¿Así cómo?

—Así como..., ¡como eres, vaya! Ya no te reconozco, así como eres. ¿Qué pasa contigo?

—¿Qué pasa conmigo? Lo sabes bien. Ya te lo he dicho. Las cosas me van bien.

Aquella constatación la sobrevino como una ola.

—Y una vez te di un abrazo por esto, Mattis, ¿no te acuerdas?

Era como si Jørgen estuviese junto a ella, invisible, mientras lo decía, y eso detuvo el arrebato de Mattis. Se vio obligado a decir, apaciguado:

—Vete con Jørgen, anda.

Hege no pareció asombrada.

—Justo en eso estaba pensando —repuso, y se marchó.

Mattis permaneció sentado. Afuera podía escuchar el agradable viento. Llegó el crepúsculo. Comenzó a mirar a su alrededor de una manera nueva. No quería, pero no podía dejarlo estar. Arriba, en la habitación del desván, escuchaba los incesantes murmullos de Hege y Jørgen.

Ahora todo está listo, pensó. Le he dicho lo del bote correctamente. Aunque sople el viento o haya calma, yo ya no puedo más.

Había tenido una dura pelea con Hege y, además, aquel día había pensado tanto que se sentía extenuado y, por lo tanto, se arrastró hasta la cama más temprano que de costumbre.

En la habitación del desván ya no se oía ninguna conversación. Para Mattis era a un tiempo un deleite y un pesar. Afuera sonaban ráfagas de viento, que se manifestaba de cientos de maneras distintas, afirmando que mañana también soplaría.

45

Pero ahora el viento ha amainado.

Mattis se despertó esa misma noche, y lo supo incluso antes de estar del todo despierto. El viento había cesado, no había dicho la verdad. Ningún rumor entre los árboles, ningún susurro. El primer pensamiento de Mattis fue…

¡De noche no! Jamás he dicho que fuese a intentarlo de noche.

Mañana temprano es posible que sople de nuevo, pese a todo. El viento con frecuencia amaina durante la noche.

La resplandeciente luz de la luna entraba a través de la ventana. Una gran luna nueva había aparecido desde aquella noche en que había remado.

Se repitió que el viento suele amainar de noche, pero resultó inútil. El viento se había detenido de un modo diferente al de antes. Disparates, ¿quién podría saber algo así si ocurría mientras se estaba durmiendo?

En la casa no había ruido alguno.

¿Está Hege en su propia habitación? No es asunto mío, se dijo severamente a sí mismo. Tengo bastante con que el viento haya cesado.

No soportaba permanecer acostado ni un instante más, debía salir a ver. Se vistió en silencio, en aquella casa rebosante de un silencio mortal. Salió.

La luz de la luna dibujaba su conocida estela en el lago. Y en el agua, ni un soplo de viento. El lago se mostraba más amplio de lo que nunca lo había sido; Mattis lo contempló hechizado.

También vio el bosque, y los campos cubiertos de vegetación, y el riachuelo con hierbas aromáticas en ambas orillas. Si tan solo pudiera beber de un arroyo, pensó de súbito.

Bajó caminando entre el rocío hacia la hondonada por donde corría el riachuelo. El arroyo era minúsculo y no le decía nada a Mattis, pero igualmente tenía una pequeña poza.

Mattis no quería bajar a la poza, no quería ver su rostro reflejado, lo sentía tan rígido y extraño, y seguramente lo vería bajo la intensa luz de la luna.

Mientras contemplaba el lago inmóvil, escuchó claramente una pregunta en su fuero interno: ¿Cómo prefieres que acabe esto? No se sabe cómo acabarán las cosas en el bote, nadie puede saberlo.

No quería pensar en ello. Ni siquiera podía. Severo y en voz alta, con el rostro alzado como si hablara con la propia luna reluciente, dijo:

—Eso ya no es asunto mío, es asunto de los otros. Lo he dejado en sus manos.

Eso le dijo a la luna. Después se dirigió tambaleante hacia el claro, hacia la cerca y los montículos, y hacia tantas otras cosas que le resultaban extrañas y carecían de nombre, tanto ahora como antes. Toda mi vida, pensó en un momento, pero también desechó aquel pensamiento. ¡No hay que entrar en esos asuntos!

En cualquier caso, se sentó durante un rato sobre un montículo. Había muchos y todos parecían buenos y amistosos, si uno quería quedarse allí un instante. Bajo el resplandor de la luna se convirtió en un ser inerte junto a su propia sombra, envuelto en juegos secretos de sombra y luna.

Pronto empezó a tiritar, cruzó el claro y entró en la cabaña. Se metió de nuevo en la cama. No iba a lograr dormirse.

El fondo, pensó. Había llegado ahí poco a poco, con todo lo que había luchado. Pero aquí había tantos: fondo de maleza, pensó. Fondo arenoso. Fango. Fondo de piedra. Pedregales. Fondos con los que nadie ha soñado.

Pero también está este *otro*, pensó divagando, hasta donde se atrevía. Y entonces se resurge de nuevo a través de todos los fondos.

¿Es ahí donde iré?, dijo, aferrándose a ese pensamiento.

Sí, ahí es, repitió.

No podía dormir. El viento continuó ausentándose.

46

Aun así, Mattis debió de haber dormitado un poco al filo de la madrugada: no había notado que Hege había pasado a su lado rumbo a la cocina. No notó que Jørgen pasaba junto a él. Ambos estaban en la cocina cuando Mattis despertó. Escuchó el tintinear de las tazas; y entonces vino aquello que sacudió a Mattis del sueño…

—Hoy está todo tan quieto que parece…

Hege le dijo esto a Jørgen sin hacer mayor énfasis, lo dijo de pasada, mientras preparaba el almuerzo que Jørgen se llevaría al bosque, y le servía el café.

—Ah, sí —contestó Jørgen, indiferente.

—Bueno, hoy sí que puede ir al lago —dijo Hege.

Si Jørgen contestó algo a esto, Mattis no lo percibió, pues sintió como un hilo vibrante le recorría todo el cuerpo. Le sobrevinieron pensamientos de todas partes, superándolo casi por completo. Pero debía lograr reprimirlos un poco, ser capaz de sobreponerse, y comportarse como una persona normal.

Bueno, pues ahora podéis quedaros donde estáis, les dijo a los pensamientos, y se vistió. Ya no había más que hacer salvo poner en marcha su plan.

Desde la ventana vio el lago, tan en calma como la noche anterior, cuando había salido. Lo único que se movía eran unos finos velos de niebla; era una hermosa mañana de otoño. El sol aún no era visible, pero llegaría pronto con toda su fuerza y consumiría aquellos pocos bucles de niebla.

Mattis luchaba contra sus pensamientos con la misma fiereza cuando entró en la cocina, eso se notaba desde fuera. Hege estaba allí sola. Jørgen ya se había marchado, y Mattis se alegraba de eso.

—¿Qué pasa? —preguntó Hege de inmediato, viendo que no era una mañana cualquiera.

Mattis negó con la cabeza, como única respuesta.

—¡Dímelo! —ordenó ella, basada en viejas experiencias, y él la obedeció en parte:

—Me estoy matando a pensar —contestó con sinceridad.

—Ah, solo es eso —dijo Hege.

Mattis dio un respingo.

—Come algo —dijo ella.

Trató de comer un poco. Hege estaba satisfecha con la respuesta y no preguntó más. Mattis la siguió con la mirada y al fin aclaró:

—Bueno, hoy empiezo con el trasbordador.

Hege se lo tomó con alegría.

—Sí, es cierto. Eso está muy bien.

¿Había estado esperándolo con tanto entusiasmo? Entonces ella se acordó de los peligros del bote.

—Por cierto, hace tiempo dijiste que el bote estaba muy deteriorado. ¿Sigue estándolo?

—Uy, no, tampoco está tan mal.

—Estate atento, y si es peligroso, entonces…

—No cuando hay calma, dije. Me refería a cuando hace viento.

—Sí, pero ten cuidado —dijo ella, apresurándose—. No te preparo almuerzo hoy, puedes volver por aquí cuando tengas hambre.

—Sí —dijo Mattis.

Ahora había acabado, debía partir, pero se quedó parado en medio de la cocina. Hege preguntó al fin:

—¿Pasa algo?

—No —dijo él.

Con esto hubo de irse. Podría haber dicho muchas cosas, pero no era posible. Era difícil tener que irse, con la boca cerrada.

Mientras bajaba por la cuesta, el sol alcanzó la cima de la colina. Sus rayos desprendían un fresco calor otoñal, que tornaba el paisaje en algo traslúcido y le facilitaba el recorrido entre las hojas luminosas. Aun así, tan fácil no *era*.

Mattis observó cómo se esbozaba el día. En voz alta y obstinada, pues la cuesta le parecía larga y difícil de atravesar, dijo:

—Hoy será un buen día para remar.

Varios pasos más abajo dijo:

—Puede que hoy vengan muchos pasajeros.

Aún más abajo:

—Y *eso* está bien.

Para entonces ya había recorrido la totalidad de su trillado camino hacia la orilla y el bote. Le golpeó el olor a brea, cargado por el sol matutino. Los enormes remos nuevos estaban reclinados contra un bosquecillo de alisos, cuya madera blanca relucía. Mattis los subió al bote.

Ya no hay más.

¿Y qué pasa con…?

No…

Ahora debía apresurarse. Salir deprisa con el bote. Lo empujó al agua. Pero entonces miró a su alrededor; indómito, arrastró de nuevo el bote a tierra; a continuación, corrió de regreso sobre las piedras de la orilla, entrando en el bosquecillo de abedules y en el bosquecillo de alisos que rodeaban el lago por completo. Mattis se dirigió directamente a un claro tronco gris de aliso e hincó los dientes en su corteza, de modo que su amarga savia le escoció en la boca. Era algo que nadie debía ver y que duró tan solo un instante. Y durante un violento segundo, permaneció ahí parado, rígido; entonces lo soltó tras un momento, trotó de nuevo al bote…, mientras la marca de sus dientes comenzaba a fluir rojiza sobre el tronco del aliso.

¿Y ahora qué?

No hay más.

Se alejó lentamente de la orilla. Puesto que remar era lo que estaba haciendo, observó todo el tiempo aquello de lo que se alejaba.

47

En el lago no había nadie a la vista, a excepción de una lancha a motor que traqueteaba y se iba haciendo cada vez más pequeña. Mattis quería ordenar sus asuntos, libre de intromisiones. Había resultado doloroso desprenderse de todo hacía un rato; sin embargo, había logrado enviar los habituales hilos de pensamiento hacia el remo izquierdo y el derecho, sin que volviesen a enmarañarse. El remar iba por lo tanto de forma regular, como en un día cualquiera. Esta vez no reparó en ninguna cosa en tierra para mantener el rumbo recto, y aun así, se desplazaba derecho, por pura costumbre.

La proa solitaria vuelta hacia las desiertas colinas occidentales, el remero dándoles la espalda. Tras haberse alejado un buen trecho, lo único que podía captar desde su puesto de observación en la banca eran las amplias orillas. Todo lo que veía le parecía placentero.

Entre un momento y otro pensó:

No lo mires.

Pero tuvo que pensar un poco. *Uno es así y el otro es asá*, pensó; casi no se atrevía a entrar en eso. Tenía que establecer una frontera, si quería ser capaz de llevar a cabo su plan.

Solo que yo ya no tengo nada que ver con todo eso, lo he dejado en manos de otros.

Los gruesos remos nuevos apuntaban a tierra por encima de la popa; fácilmente lo mantendrían a flote, con el tiempo en calma, si el bote se hundía bajo sus pies. Era cierto que no sabía nadar ni dar una sola brazada; de haber sabido nadar, la prueba habría sido imposible.

Las tentaciones lo acosaban por dentro, le mostraban el aire cristalino y los árboles otoñales. Las alejaba de sí forcejeando, cualquiera que fuese la forma que tomasen.

Muy adentro. ¿A dónde debía ir? Si alguien lo veía desde las granjas, quizá acudiría dispuesto a intervenir. Debía alejarse aún más, de todas las granjas y de las orillas.

Debo hacerlo en las profundidades más oscuras, ahí es donde estas cosas deben llevarse a cabo, debo ir más lejos que lejos…

Al cabo de un rato fue como si remara hacia allí.

Por aquí jamás he estado antes, le dio por pensar.

Avanzó flotando como algo que no perteneciese a aquel lugar, aun cuando todo aquello le debería parecer tan familiar.

Abruptamente alzó los remos…, y el sudor brotó de su frente en grandes gotas. ¿Qué era eso? Era *aquí*. Este era el lugar. Aquí estaba oculto y alejado de todas las orillas, ya no quedaba ningún pretexto. ¡Justo aquí! No pensar.

Retiró los remos, que centelleaban húmedos al sol. El bote se deslizó un poco por el impulso y se detuvo por completo.

—Bueno, Hege, ha llegado el momento —dijo hacia la superficie del agua.

Querría haberlo dicho firmemente y en voz alta, pero no resultó así. El plan, en cambio, logró realizarlo impecablemente. Entumecido, apartó a un lado la tarima suelta y encontró el punto débil. Entumecido también sentía el pie, pero pisó con fuerza la madera podrida del fondo del bote y la atravesó de inmediato. Retiró el pie como si se hubiera quemado. El agua comenzó a entrar a raudales. Entonces agarró los enormes remos y se sentó temblando en el fondo del bote, con un remo a modo de flotador bajo cada brazo.

Pero ¿dónde está mi cuerpo?, pensó. ¿Quién está haciendo esto? No soy yo quien lo hace. Ahora se verá cuál es el desenlace.

El bote quedó anegado enseguida. Totalmente podrido y lleno de agua como estaba, se hundió silenciosamente bajo Mattis al alcanzar el agua los bordes. Mattis quedó colgando de los remos antes incluso de darse cuenta. Tal y como había previsto.

El agua no estaba fría. Conservaba un poco del calor del verano. Pero las negras profundidades parecían tratar de arrancarle los pies. Mattis se estremeció. Solo su cabeza sobresalía de la superficie del agua. Comenzó a patalear y a forcejear con los brazos para bracear en la dirección que quería ir, en un intento por acercarse a la orilla de nuevo. Le estaba permitido hacerlo, formaba parte del plan. Agitaba los brazos furiosamente, generando un extraño ruido de batir de alas, y comenzó a moverse. El agua era un espejo, el cielo y la tierra estaban del revés.

Mattis agitaba los brazos e iba desplazándose. Tenía los ojos puestos fijamente en un punto de las colinas occidentales. Tan solo el punto más cercano. Eso formaba parte del plan también, el esforzarse por avanzar en el lago con todas las fuerzas que pudiese reunir.

Una brisa corrió sobre el agua durante un instante, como si alguien la hubiese producido al soplar. Una sombra se proyectó en la superficie del agua, aquí y allá. Mattis no se percató, forcejeaba y respiraba salvajemente. Agitó los brazos y avanzó un poco en la misma dirección. A sus espaldas se había levantado, mientras tanto, un muro de nubes sobre el horizonte; eso tampoco lo vio.

Ya no veía nada, tenía bastante con moverse hacia delante y, al mismo tiempo, no soltar los remos. El cuerpo le seguía resultando algo ajeno y extraño y, al mismo tiempo, parecía pesado como el plomo. En el fondo no había logrado avanzar nada en comparación con lo que debía lograr; estaba a la misma distancia de tierra firme que cuando había comenzado.

—¡Hege! —prorrumpió de súbito; ahora veía venir el viento. ¡Al final, el viento aparecería! La brisa se había transformado rápidamente en viento. Con el rostro empalidecido, Mattis vio una franja de azul oscuro a través de la superficie de las aguas, a lo lejos. Se acercaba deprisa. Azul y fuerte venía el viento proveniente del muro de nubes a sus espaldas; pronto el agua se alzaría en revuelta.

El viento creaba ya blancas crestas en las olas, que pronto querrían llenarle de agua la boca a Mattis y quitarle el aliento. Entonces perdería rápidamente los remos.

—¡Mattis! —gritó aturdido, en su profundo desconcierto; en el lago desierto aquello sonó como el extraño graznido de un pájaro. Cuán grande o pequeño pudiera ser ese pájaro, no podía escucharse.

Esta edición de *Los pájaros*,
compuesta en tipos AGaramond 12/15 sobre
papel offset Natural de Torras de 90 g, se acabó
de imprimir en Salamanca el día 14 de marzo de 2025,
día de la muerte de Dag Solstad